Camille BLANQUART

A travers ses yeux

"- J'aime votre tatouage.

-    Ah oui ? A quoi vous fait-il penser ?

-    L'espoir"

Chapitre 1

 L'écran digital du tableau de bord affichait 5h45.

Jeff Stanford commençait à lutter contre le

sommeil de plus en plus. Depuis trois ans

maintenant son corps s'était habitué au rythme du

travail de nuit, malgré cela, l'heure qui précédait le

dernier tour de garde était toujours difficile quand

il n'y avait pas d'intervention.

Jeff aimait son travail d'agent de sécurité ; bien que

la plupart de ses collègues s'en plaignaient, il y

trouvait deux choses essentielles, la tranquillité et

la solitude. Son téléphone se mit soudain à vibrer,

il le saisit en se demandant qui pouvait bien lui

envoyer un message à cette heure si matinale.

Lorsqu'il vit le nom sur son écran, un sourire se dessina brièvement sur son visage fatigué.

« Un petit bonjour avant d'aller travailler, bon courage pour la fin de ta nuit si tu es de garde, sinon bonne journée mi amigo. » Jeff lui répondit instantanément. Julie Thomson était la seule vraie amie qu'avait Jeff, bien qu'ils ne se parlassent pas tous les jours, il savait qu'il pouvait compter sur elle. Il avait toujours été très solitaire ; enfant il ne parlait à personne, il restait dans un coin à parler à des amis imaginaires ou à lire. Ses camarades n'étaient pas vraiment tendres avec lui, il était « l'extra-terrestre », « l'Illuminé », le « petit garçon qui fait peur ». Il s'était alors progressivement construit une forteresse inconsciente que personne n'avait pu franchir à part Julie. Sa gentillesse et sa naïveté avaient su toucher Jeff - et percer sa carapace - elle devint alors pour lui sa confidente, son soutien, son amie. De son côté il lui apprit à être plus méfiante, à exploiter son caractère pour se faire respecter. Ils formaient un duo d'âmes blessées, ils avaient besoin l'un de l'autre pour avancer comme la lune a besoin du soleil pour briller.

Jeff sortit de ses pensées, démarra le moteur de sa voiture de fonction et commença son dernier tour de garde. Pendant que le paysage nocturne défilait sous ses yeux, des souvenirs l'envahissaient de plus en plus. Il était nostalgique d'une époque où Julie et lui se voyaient presque tous les jours, mais Julie avait mis de la distance quand un début de sentiment plus qu'amical avait émergé à l'égard de Jeff. Elle savait que Jeff n'était pas prêt pour ça et n'avait pas voulu gâcher leur amitié. Elle avait désormais refait sa vie de son côté avec quelqu'un et Jeff était heureux pour elle. Ils continuaient malgré tout d'être en contact régulier mais cela faisait quelques mois qu'ils ne s'étaient pas vus.

Jeff secoua la tête et finit son tour de garde en essayant d'oublier le manque qui l'accablait dès qu'il pensait à elle.

Thomas, un de ses collègues, l'appela pour venir passer la dernière heure de cette nuit avec lui. Il accepta, y voyant là une opportunité de ne plus lutter contre le sommeil. Lorsqu'il arriva sur place, Thomas lui tendit le joint qu'il avait déjà entamé.

Jeff le prit et ils commencèrent à parler des nouvelles conquêtes de celui que Jeff appelait « Le Tombeur ». Ce dernier demanda quand Jeff se déciderait à se trouver une petite amie, ce à quoi il répondit qu'il était pour lui hors de question de s'engager dans une relation, et qu'il tenait à sa liberté par-dessus tout. Thomas rit à gorge déployée et lui proposa de venir à la soirée de Samedi soir, il s'était fixé comme objectif de faire changer d'avis son collègue et comptait lui présenter quelques-unes de ses amies. Jeff refusa poliment de prime abord, expliquant qu'il n'était pas trop du style à faire la fête, mais devant l'insistance de Thomas, il se sentit obligé d'abdiquer.

7H15 venait de s'afficher, il se dirigea vers les locaux de l'agence, afin de faire la relève à ses collègues de jour. Avant de rentrer il s'arrêta au bord de la mer pour contempler le lever du soleil sur la baie de Cannes. Il alluma une cigarette, silencieux, il regardait le va et vient incessant des vagues contre les rochers. Le soleil se reflétait dans l'eau, changeant chaque goutte d'écume en or liquide. L'agitation de la ville faisait danser les lumières. La Côte d'Azur ressemblait plutôt à une côte dorée à cette heure-ci. Il resta ainsi une heure puis reprit sa voiture pour rentrer chez lui afin de sombrer dans un sommeil bien mérité.

Chapitre 2

Jeff secoua la tête pour effacer les images brumeuses et cauchemardesques à son réveil. Il soupira, se frotta le visage. Il en avait marre de cette sensation de peur au réveil, il savait les démons du passé tenaces, mais leur pesanteur mettait chaque matin ses nerfs à rude épreuve. Il se leva difficilement, le visage fermé et les mâchoires crispées, cherchant du regard sa dose de détente pour adoucir ce début de journée. Son graal enfin trouvé, il alla à la fenêtre, café à la main et l'alluma en soupirant. Il avait touché à la drogue la première fois au collège. Influençable, il y trouva un bénéfice vital à l'époque : Survivre dans une société qui faisait tout pour le rejeter.

« Encore en train de fumer ! Mais que diable ai-je fait pour mériter un fils pareil » cria Mme Stanford.

L'odeur de fumée l'ayant avertie du réveil de son fils, celle-ci s'était alors précipitée à la fenêtre de sa chambre jouxtant celle de Jeff.

Il ne répondit pas à l'invective de sa mère, et soupira à nouveau, comprenant que son moment de détente venait de s'évaporer. Il haussa les épaules et saisit son téléphone portable, espérant inconsciemment un message réconfortant qui pourrait venir égayer ce début de journée pourtant bien mal engagé. Malheureusement, il n'y trouva que le message de Thomas expliquant le lieu de la soirée dont il lui avait parlé le matin même.

Cependant, il se dit que sortir ne pourrait pas être pire que d'être coincé chez lui à entendre les revendications de sa mère qui semblait en forme aujourd'hui. Il enfila ses affaires de sport et prit les clés pour partir à la salle de sport, décidant de répondre à Thomas une fois l'esprit plus clair.

« Hello grand frère, j'espère que tu vas bien. Tu peux essayer de parler à Ricky, je le trouve plutôt triste en ce moment. Je t'embrasse. » Le message de Milla avait retenti dans ses écouteurs, coupant instantanément sa série de tractions. Jeff se leva rapidement, ramassa ses affaires et sortit de la salle pour appeler son frère, Ricky. Si les relations avec sa mère avaient toujours été conflictuelles, il entretenait une relation très forte avec ses frère et sœur. Il était considéré comme celui qui ne les avait jamais laissé tomber lorsqu'ils étaient enfants et qui avait pallié l'absence de leurs parents. Il n'avait que deux et trois ans de plus qu'eux mais s'était toujours comporté comme un père de substitution. Devenus majeurs, il avait poussé Ricky et Milla à poursuivre leurs études à Nice, donnant une partie de son salaire pour payer leurs frais d'université et se condamnant par la même occasion à poursuivre la cohabitation avec sa mère.

Ricky expliqua à son frère avoir une petite baisse de moral liée à une énième déception amoureuse. Jeff lui avoua ne pas être de très bon conseil sur ce sujet, Ricky en rigola au téléphone et lui confirma ses dires.

-       Merci pour l'appel, grand frère. Je suppose que c'est Milla qui t'a prévenu ? questionna Ricky avec beaucoup de certitude.

-    Exactement, elle s'inquiétait pour toi et...

-    Et du coup elle a sonné la sirène

d'alarme, ironisa Ricky

-    Voilà, tu connais ta sœur, répondit Jeff

avec un ton légèrement moqueur

-    Oui, elle est comme mon grand frère,

rétorqua Ricky dans un rire forcé, et qui

s'effaça dans un soupir.

-    Tu as raison, souffla Jeff, mais n'hésite

pas, si ça ne va pas tu appelles et tu sais

que je viendrai.

-    Je le sais oui. Ricky laissa quelques

secondes s'égrainer avant d'ajouter : Sache

que quoi qu'il arrive grand frère, je ne te

remercierai jamais assez pour tout ce que

tu as fait pour nous, et je m'en veux de ce

que tu as vécu... Tu ne serais peut-être pas

comme ça maintenant si …

- Si notre père n'était pas parti, le coupa froidement Jeff. Ne culpabilise pas, concentre-toi sur tes études maintenant.

- Oui... Désolé, je ne voulais pas t'énerver... Tu diras à Milla qu'elle arrête de s'inquiéter, répondit Ricky, mal à l'aise avec la tournure qu'avait prise la conversation

- Je vais lui envoyer un message, prends soin de toi, Ricky, termina Jeff.

Il envoya le message, puis décida de rentrer chez lui. Il devait se préparer pour la soirée – il avait réussi à se convaincre que ça lui ferait peut-être du bien de sortir – et puis « Comment la journée pouvait-elle s'empirer davantage ?

Chapitre 3

Même en sachant que les gens de son âge sont régulièrement en retard, attendre sur le parking l'arrivée de Thomas commençait à l'agacer. Il tirait de plus en plus sur son joint, espérant y trouver un moyen de se décontracter. Il tint sa tête à deux mains, se demandant ce qu'il faisait là, l'envie de repartir grandissant au fur et à mesure que le temps passait.

Quand il vit la voiture du « Tombeur » arriver, un mélange de soulagement et d'angoisse l'envahit. C'était fini, plus de marche arrière possible, il était obligé d'y aller maintenant. Il passait la plupart de sa vie à éviter les gens et la foule en général, se retrouver devant une boite de nuit était pour lui comme se jeter dans la fosse aux lions en espérant que ceux-ci aient bien mangé avant – et il comprit que non quand les portes s'ouvrirent et qu'il vit la foule déjà très présente.

« Essaye d'être normal, essaye d'être normal » se répétait-il en boucle Jeff. Thomas lui présenta comme prévu plusieurs filles, que Jeff se contenta de dévisager rapidement. Elles semblaient toutes tellement superficielles qu'il n'avait pas vraiment envie de s'y intéresser. Une seule cependant attira son attention, elle ne faisait pas partie du groupe que formait Thomas, Jeff et ses autres collègues. Il se leva d'un bond et partit en sa direction.

Occupée à se frayer – non sans mal – un chemin à travers la foule, elle ne vit pas Jeff la suivre lorsque soudain il lui saisit le bras. Elle se retourna vivement, prête à repousser cet énième prétendant, quand elle reconnut le regard argenté

et si caractéristique de l'homme venu l'aborder.

- Jeff ! s'écria Julie avant de l'enlacer

tendrement

- J'ai reconnu tes petites boucles blondes

de l'autre côté de la pièce, sourit Jeff.

Qu'est ce que tu fais là ?

- Je travaille, répondit-elle en brandissant

son appareil photo. Il y a beaucoup

de « VIP », expliqua-t-elle en forçant le

trait – elle s'était servie de ses doigts pour

mimer les guillemets – et du coup, on m'a

demandé de venir couvrir l'événement.

- Ah d'accord. Tu fais la photographe des

stars … Dit-il avec complaisance

-       Même pas, si j'ai bien compris ce sont
des gens de la haute société, des hommes
politiques notamment.

-       Je n'aime pas vraiment ça, intervient
Jeff en fronçant les sourcils. Fais attention
avec ces gens-là, ils sont souvent prêts à
tout pour cacher leurs vices...

Jeff força un sourire, mais son visage fermé ne
faisait que prouver la méfiance qu'il avait à l'égard
des « VIP » et la peur qu'il ressentait pour Julie.

-       Cela m'avait manqué tes petites
réflexions sur la nature perfide et
profondément mauvaise de l'être humain,
ria Julie de bon cœur. Ne t'en fais pas
pour moi, dit-elle en lui caressant le
visage, je ne me laisse plus faire. Je ne suis

plus celle que tu as connue à l'époque, j'ai

eu un bon maître.

-        Le meilleur même.

Jeff lui adressa un sourire plein de tendresse et la

prit dans ses bras.

-        Tu sais que je ne veux pas qu'il t'arrive

quoi que ce soit, tu es importante pour

moi, reprit-il calmement.

-        Il n'y a pas de raison, ce n'est qu'un

travail comme un autre. Je vais devoir y

retourner, si tu restes un peu, je compte

sur toi pour m'offrir un verre dès que

j'aurai fini !

Elle rigola et partit dans la foule sans laisser le

temps à Jeff de râler à cette invitation forcée. Il

revint sans trop de difficultés vers son groupe

d'origine, le sourire aux lèvres et la sensation d'angoisse disparue. Elle avait toujours eu cet effet là sur lui ; elle l'apaisait, le faisait rire et transformait toute scène tragique en une histoire sans accro. Il enviait parfois son conjoint, Alexandre, mais se raisonnait en se disant qu'il n'aurait pas su lui apporter la stabilité et le bonheur qu'elle méritait.

Alors on va draguer en solitaire, intervint Thomas avec un grand sourire. Dis-moi au moins que t'as récupéré son numéro ?

- C'est ma meilleure amie, elle est photographe et elle couvre la soirée, riposta froidement Jeff.

-       Oh, oh, tu me la présentes quand tu veux ta meilleure amie, ricana lourdement Thomas.

-       N'y pense même pas, elle est en couple et le premier qui s'approche d'elle aura affaire à moi.

Le ton menaçant et le regard noir de Jeff, calmèrent les ardeurs du Tombeur. Du haut de ses 1m90, Jeff avait de quoi impressionner. Thomas changea vite de sujet, il avait bien compris qu'il n'aurait pas le dessus. Il dirigea le regard de Jeff vers la table basse où de la poudre blanche avait été disposée en petites lignes fines.

-       Allez, tiens ! ça va te détendre ! dit Thomas en lui tendant un morceau de paille coupée.

Jeff la saisit et inspira la ligne sans broncher. Son apaisement avait été de courte durée.

Chapitre 4

La cocaïne commençait à faire son effet, Jeff commençait à se sentir euphorique. Il se leva pour aller danser, entraîné par Thomas et quelques-unes des filles présentes. Une d'entre elles essayait d'attirer l'attention de Jeff et celui-ci se laissait tenter doucement. La drogue enlevait ses appréhensions, et lui, si méfiant de prime abord, se surprit à engager le rapprochement. Malgré le bruit fort de la musique, il entendit la conversation des vigiles à côté de lui.

-       Essaye de la retrouver, elle est blonde, les cheveux bouclés, elle a pris des photos de Monsieur et apparemment pas dans la meilleure posture, ricana le vigile. Faut qu'elle supprime ces clichés, apparemment, il est vraiment très énervé.

-       D'accord, répondit le second vigile en disparaissant dans la foule.

Pour Jeff, il n'y avait aucun doute, c'était de Julie dont les vigiles parlaient. Il se dégagea de l'étreinte de sa prétendante et suivit le vigile dans la foule. Il l'avait prédit, il les connaissait ces gens de la haute société. Il aurait préféré avoir tort mais c'était rarement le cas quand il s'agissait de se méfier. Son cœur battait fortement dans sa poitrine, ses yeux parcouraient toute la salle plongée dans l'obscurité. Des frissons lui parcouraient le dos dès qu'il voyait quelqu'un qui ressemblait à Julie, des filles se prenaient en photo avec leurs téléphones, d'autres attendaient à la porte du carré VIP espérant jouer de leur charme pour entrer dans ce cercle fermé.

Soudain Jeff vit Julie au niveau du bar, en train de se commander un verre. Il fonça sur elle.

-       Ah ! J'ai dû commander mon verre toute seule du coup, pendant que monsieur batifolait, le taquina Julie

-       Faut que t'y ailles, j'ai entendu les agents de sécurité parler entre eux, ils te cherchent, on s'en va. Fais-moi confiance, ok ?

Le ton déterminé de Jeff fit comprendre à Julie qu'elle partirait qu'elle le veuille ou non. Elle acquiesça sans vraiment chercher à comprendre, depuis le temps, elle savait que les intuitions de Jeff étaient rarement infondées.

Une fois dehors, Jeff raccompagna Julie jusqu'à sa voiture. Il ne serait calme que lorsqu'il la saurait en sécurité.

-	Quand tu rentres, tu tries tes photos et tu supprimes celles qui pourraient être néfastes, commanda Jeff

-	Ok, je te fais confiance, prends soin de toi.

-	Tu m'envoies un message quand tu es chez toi.

Julie démarra la voiture et partit sans se retourner. Jeff commença à souffler, l'adrénaline qui coulait il y a encore quelques instants dans ses veines s'épuisait peu à peu.

Il prit le temps d'allumer une cigarette, il sentait sa tension baisser et un sifflement retentit dans ses oreilles. Ils voyaient les vigiles aller et venir devant l'entrée de la boîte de nuit. Il eut un sourire narquois, les imaginant toujours à la recherche de Julie. Son téléphone retentit et toute angoisse s'échappa alors. Julie était rentrée.

Alors qu'il cherchait les clés dans sa poche, il entendit un bruit dans la ruelle qui jouxtait la boîte de nuit. "Ce n'est pas ton problème" se convainquit-il, tout en continuant de marcher vers sa voiture. Soudain le cri se fit plus perçant, il tourna les talons et fonça vers la ruelle.

Il ne prit pas le temps d'analyser la scène qui se déroulait devant lui et sauta sur l'homme qui agressait une jeune femme. La longue chevelure d'un rouge incendiaire de la jeune femme masquait son visage, Jeff n'eut pas le temps de la voir avant qu'elle parte en courant tandis que l'agresseur lui asséna un violent coup qui le fit chanceler. Il n'entendit pas trop les propos que murmurait l'homme face à lui, seul le mot "Parfait" raisonna en lui, et sans comprendre ce qu'il se passait, il fut obligé de parer les coups qui se mirent à pleuvoir. Il n'avait jamais aimé se battre, il avait passé sa vie à s'éloigner des gens pour ne jamais avoir à le faire. Il savait que du fait de sa carrure il était en capacité d'infliger des coups puissants. Mais l'agresseur en face n'avait pas l'air de vouloir abandonner et semblait prêt à en découdre. Avant que Jeff ne réalise ce qu'il allait se passer, il se retrouva pris à la gorge, les mains de l'agresseur se resserraient de plus en plus et l'air lui manquait. Il essaya de donner des coups mais aucun n'atteint sa cible. La peur de mourir l'envahit, il se sentit défaillir et perdit

connaissance.

30

Chapitre 5

- Monsieur, vous m'entendez ?

Jeff grommela en guise de réponse. La douleur dans sa tête ressemblait à un regroupement de batteurs s'étant donné pour mission de répéter leur solo en même temps. Lorsqu'il ouvrit légèrement les yeux, la lumière perça sa rétine. L'infirmière des urgences lui parla de manière douce et augmenta le compte-gouttes de sa perfusion d'anti-douleur. Il sombra une fois encore.

Lorsqu'il ouvrit à nouveau les yeux, la douleur s'était calmée. Il vit une forme du coin de l'œil, une silhouette aux cheveux rouges. Quand il cligna les yeux, elle avait disparu. Jeff se redressa, ne portant pas d'attention sur ce qu'il avait pu voir. Il avait été transféré dans une chambre et ne s'en était même pas aperçu. Il regarda autour de lui pour chercher une indication sur l'heure de la journée. Sa montre n'était plus au poignet, on avait dû lui enlever. L'infirmière arriva pendant qu'il faisait le tour de la chambre du regard, elle lui signala que quelqu'un attendait depuis quelques heures dans le couloir. Elle la fit entrer.

- Grand frère ! s'exclama Milla, qu'est ce qui s'est passé ?

- Je ne sais plus trop, répondit Jeff. Qu'est-ce qu'on t'a dit?

- Les vigiles de la boîte de nuit t'ont trouvé inconscient apparemment, répondit Mila, anxieuse.

Soudain des flashs de ce qui s'était passé lui revinrent en mémoire, il fronça les sourcils, son visage se crispa et il se tint la tête.

-       J'me souviens juste avoir voulu aider une jeune fille qui se faisait agresser, puis après plus rien, l'homme a dû m'assommer, mentit Jeff qui ne souhaitait pas inquiéter sa sœur.

-       Les vigiles pensaient que tu t'étais fait dépouiller après être tombé en coma éthylique, bien loin de la réalité de super héros de mon grand frère, s'exclama Milla en enlaçant son frère.

Jeff sourit à sa sœur. Il entendit quelqu'un taper à la porte de sa chambre, un homme entra, suivi de près par une infirmière qu'il n'avait pas vue encore. Jeff les scruta du regard, ils lui semblaient familiers mais avec la fatigue et le choc, il était incapable de s'en souvenir.

- Bonjour Mr Stanford, je suis Dr Teddyor, le psychiatre de liaison aujourd'hui. J'ai su que vous aviez été agressé hier soir, je suis venu voir comment vous vous sentiez.

- A vrai dire, je ne me souviens plus trop de ce qui s'est passé hier. Vous avez quoi comme informations vous ?

- Nous, ce que nous avons, c'est que vous êtes arrivé aux urgences avec des marques de coups et de strangulation. C'est pourquoi nous avons été appelés par l'équipe du service de Médecine pour connaître votre état d'esprit.

-        Des marques de strangulation !

S'exclama Milla

-        T'en fais pas Milla, ça devait être un gars un peu trop éméché, il n'a pas aimé que je m'interpose avec sa conquête du soir, rigola nerveusement Jeff.

-        De quoi vous souvenez vous ? Reprit le médecin

Jeff raconta l'histoire mais omit volontairement de parler du côté déterminé de son agresseur. Le médecin lui prescrivit des somnifères, craignant qu'il ait des difficultés à s'endormir cette nuit.

Peu de temps plus tard, le médecin vint demander à Jeff s'il souhaitait rester ici cette nuit ou rentrer. Sa décision de retourner chez lui fut un choix rapide.

Il demanda à l'infirmière où avait été mises ses affaires à son arrivée, celle-ci lui répondit qu'il n'avait que son téléphone et un trousseau de clé. Les collègues de Jeff l'avaient identifié lorsqu'il avait été embarqué par les pompiers, c'est comme ça qu'il avait pu prévenir sa famille.

Jeff se raidit à cette annonce, l'agresseur avait donc tous les moyens en sa possession pour le retrouver ; son adresse, son identité, son numéro de téléphone - il maudit à cet instant ses collègues de l'avoir poussé à se faire des cartes de visites à son nom - et les photos de sa famille. Son cœur se mit à battre à tout rompre et il ramassa le reste de ses affaires rapidement. Sa sœur qui l'attendait pour le ramener à sa voiture lui demanda si tout allait bien, voyant son frère devenir blême en regardant les messages reçus sur son téléphone.

-       Oui oui, ça va. Je suis un peu fatigué mais c'est normal non ? se força à sourire Jeff

Intérieurement, il ressassait en boucle les messages qu'il venait de lire :

" Bonjour Jeff, j'ai désormais tout ce qu'il me faut pour qu'on puisse faire affaire toi et moi, ne t'avise pas de contacter la police, bien entendu, cela serait fort dommage pour Ricky et Milla"

Lorsqu'il voulut regarder à nouveau le message, celui-ci avait disparu.

Chapitre 6

Lorsque Milla déposa Jeff sur le parking de la boîte de nuit, elle sentit l'angoisse qui imprégnait son frère. Celui-ci força un sourire pour tenter de la rassurer, mais ses mains tremblèrent lorsqu'il s'empara de ses clés de voiture. Cela faisait des années qu'elle n'avait pas vu son frère dans cet état, depuis ses sept ans exactement… Elle secoua la tête pour effacer ces mauvais souvenirs et essaya de feindre le soulagement. S'il y avait bien quelque chose que son frère lui avait appris, c'est à cacher ce qu'elle ressentait pour le bien de sa famille.

-       Ça va aller d'accord ? essaya de rassurer Jeff,

-       Si tu as besoin, tu nous appelles, Ricky et moi.

-        Je te le promets mais ça ira, Milla.

Sa sœur hocha la tête et s'éloigna, laissant Jeff debout à côté de sa voiture. Il l'ouvrit et récupéra de quoi se faire un joint. Il fallait qu'il calme le tremblement de ses mains, cela l'insupportait. Pendant que la fumée faisait peu à peu son effet, il regarda à nouveau son téléphone. Le message n'était plus présent, impossible de le voir à nouveau ou de connaître son destinataire. Il se tint la tête n'arrivant pas à comprendre comment cela était possible. Soudain un frisson lui glaça l'échine, il se redressa et balaya les alentours du regard. Il était observé, il en était sûr. Sa respiration s'accéléra, il sentait son cœur battre dans ses tempes. Son téléphone vibra à cet instant, il lit machinalement le message.

“On est là, ne l’oublie pas.”

La respiration haletante, il scruta à nouveau les environs. Il écrasa son mégot et rentra dans sa voiture. Les mains sur les tempes, il maudit Thomas et ses idées ; il avait l’impression de vivre un cauchemar, entraînant avec lui ce qu’il avait de plus cher.

Son téléphone vibra à nouveau, ses mains se crispèrent et il hurla dans l’habitacle “Quoi encore, c’est bon j’ai compris !”

“Jeff, pourquoi tu ne me réponds pas ? Si ça ne va pas, je te ramène à l’hôpital hein !”

A ce moment-là, il se rendit compte que le premier message avait été adressé par Milla. Il soupira de soulagement et se demanda s’il n’était pas en train de devenir fou mais se rassura en se répétant la phrase qu'il avait si souvent entendu : "Si tu te demandes si tu es fou, c'est que tu ne l'es pas". Il répondit à Milla, mit la clé dans le contact et démarra la voiture. Il donna machinalement un coup d'œil dans le rétroviseur et sursauta, pilant net par la même occasion. La chevelure rouge incendiaire qu'il venait de voir, lui glaça l'échine instantanément.

-       Bonjour Jeff Stanford, chantonna une voix fluette de la banquette arrière.

-       Qui êtes-vous ? Qu'est-ce que vous faites dans ma voiture ? Comment vous connaissez mon prénom ? Hurla Jeff sans laisser le temps à sa passagère de répondre

-       Je m'appelle Jessica, mais tu peux

m'appeler Jess. Pour répondre à la

question ce que je fais dans cette voiture,

il me semble que tu m'amènes chez toi et

enfin, je connais tout de toi Jeff, susurra-

t-elle d'une voix mielleuse.

La dernière phrase de Jessica fit raidir le

corps de Jeff...

Du haut de ses 1m50, elle n'avait rien à envier à

l'attitude effrayante des plus grands tueurs à gages.

Le regard aussi tranchant que les lames qu'elle

cachait le long ses cuisses, en disait long sur ses

intentions et sa dangerosité. Jeff s'effondra sur son

volant, se demandant comment il en était arrivé là.

-       Pourquoi moi ? Je n'ai jamais rien fait, qu'est-ce que vous me voulez à la fin ! s'exclama Jeff d'une voix emplie de désespoir.

-       Tu vas le savoir bien assez tôt, en attendant roule !

Le ton autoritaire dont venait de faire preuve Jessica le conforta dans l'idée qu'il venait de basculer dans un effroyable dessein dont l'issue ne dépendrait pas que de lui. Les images lui revinrent en mémoire, il se souvint de la jeune femme qu'il avait secourue la veille et de la chevelure rouge qu'il avait aperçue. Il commençait à comprendre, et se questionna intérieurement : "Et si tout ça était lié ? Et si c'était un piège qu'on lui avait tendu ? Mais pourquoi lui ? Et si ça avait un rapport avec cette personne de la haute société qu'avait photographiée Julie ? Et Julie comment va-t-elle ?"

Tant de questions se bousculaient dans la tête de Jeff, la peur l'envahissait à chaque minute qui passait. S'il y avait bien quelque chose auquel il tenait c'était la vie - il luttait depuis sa plus tendre enfance pour rester vivant - et la vie de ceux qu'il aimait.

-       Détends-toi, on va bien s'amuser, tu vas voir, sourit Jess

Il ne répondit rien et continua sa route qui lui sembla s'obscurcir de plus en plus.

Chapitre 7

- C'est à cette heure-ci que tu rentres ? s'exclama Mme Stanford du fond de la cuisine

- Bonjour maman, se contenta de répondre Jeff

- Milla m'a appelée, c'est quoi ces histoires encore ? Tu t'es battu ? Quel imbécile tu es… Tu penses que tes frère et sœur ne se font pas assez de soucis comme ça ? incrimina-t-elle.

Jeff prit une grande inspiration, se disant qu'il avait autres choses à gérer que les plaintes incessantes de sa mère à son égard.

- Quand est-ce que tu vas enfin être normal ? J'ai toujours su que tu ne m'apporterais que des ennuis, je n'aurais pas dû te garder ! reprit-elle sur un ton de plus en plus véhément.

- Si je n'avais pas été là, je ne sais pas ce que seraient devenus Milla et Ricky, marmonna-t-il avant de reprendre sur un ton sarcastique : je ne suis peut-être pas le fils parfait que tu aurais souhaité mais ça nous fait au moins un point en commun, maman.

- Comment ! cria sa mère, se levant d'un bond pour s'approcher du visage de son fils aîné. J'ai toujours été là pour vous tous, j'ai fait ce que j'ai pu depuis que votre père est parti, j'ai travaillé dur pour que vous ne manquiez de rien et c'est comme ça que tu me remercies ?

La gifle cisailla l'atmosphère et retentit dans toute la maison quand elle atteint le visage de Jeff. Ce dernier resta de marbre, impassible, fixant sa mère d'un regard noir. Il n'avait jamais compris ce qu'elle lui reprochait depuis sa plus tendre enfance, comme si son plus grand crime était d'être venu au monde. Il quitta la cuisine sans un mot, des larmes de rage imbibaient ses yeux, une douleur immense transperçait son cœur. Il ne raisonnait plus comme un homme de vingt-cinq ans mais comme un enfant de huit ans qui recherchait l'approbation vaine de sa mère.

Il s'assit dans sa chambre, se prépara un joint plus dosé que d'habitude et s'approcha de la fenêtre.

- Ta mère a une haute estime de toi, apparemment, ricana Jessica qui sortit de la pénombre faisant sursauter Jeff.

- Qu'est-ce que tu me veux à la fin, siffla Jeff entre ses dents, et comment tu es rentrée ?

- Je suis partout, rigola-t-elle. On va jouer à un jeu tu veux ?

- Ai-je vraiment le choix ? souffla Jeff

- Première bonne réponse !

Jessica sautilla dans la pièce, animée par une excitation indescriptible qui laissa Jeff perplexe.

- Il s'avère que mon patron a un destin tout tracé pour toi, même plusieurs à vrai dire. Tout dépendra du choix que tu feras. Soit tu décides d'obéir et alors les dommages seront moindres, soit tu préfères te rebeller et alors sache que je ferai de ta vie un enfer.
- Tu es déjà en train de faire de ma vie un enfer… répondit Jeff
- Je suis capable de bien pire tu sais !

Jessica sortit une des lames qu'elle gardait le long de ses cuisses et commença à jouer avec. Elle s'approcha en un éclair de Jeff, qui se retrouva avec la lame contre sa pomme d'Adam.

-        Désobéis-nous et je me chargerai de venir cueillir cette pomme

Jeff trembla de tout son corps au ton déterminé de Jessica. Il essaya de se dégager mais ne réussit qu'à se brûler sur les cendres incandescentes de son Graal. Jessica se recula alors le regardant avec dédain.

-        Tu es tellement un incapable que je n'ai même pas besoin de te toucher pour que tu te fasses mal, désapprouva-t-elle.

-        Sors de chez moi… grommela Jeff, ses poings serrés donnaient l'impression qu'il allait sauter sur Jessica dans la seconde qui suivait.

-        Ne te pense pas supérieur à moi, je te découperai aussi facilement qu'une motte de beurre dès que j'en aurai l'occasion.

Mais soit, je te laisse te reposer, nous

aurons une longue conversation demain.

L'instant d'après, Jessica avait disparu. Jeff saisit sa

tête entre ses mains et expira longuement.

Finissant de consommer à la fenêtre, il saisit son

téléphone pour appeler Julie. Il avait besoin de

s'assurer qu'elle allait bien. Celle-ci décrocha

rapidement mais ne s'éternisa pas, elle avait encore

beaucoup de boulot entre le développement de ses

photos et la soirée qui s'approchait. Elle lui apprit

qu'Alexandre s'était fait renvoyer il y a quelques

jours et qu'il était donc encore plus important

pour elle d'enchaîner les shootings. Elle somma à

plusieurs reprises Jeff de lui dire ce qu'il se passait,

elle le connaissait par coeur et savait très bien qu'il

n'appelait jamais pour avoir de ses nouvelles sans raison. Jeff expliqua vaguement s'être inquiété pour elle hier et voulait être sûr qu'il ne s'était rien passé depuis. Lorsqu'il raccrocha, il se sentit soulagé.

Il regarda l'heure pour la première fois de la journée et essaya de contacter sa patronne. Il aurait dû être présent au travail depuis déjà deux heures et ne s'en était même pas rendu compte. Celle-ci avait heureusement été avertie par Thomas qui lui avait plus ou moins expliqué la situation. "Quelle situation ?" se demanda Jeff… "La situation de l'homme qui avait fait un coma éthylique ou la situation de l'homme qui avait failli mourir quelques heures plus tôt et qui désormais se retrouvait suivi par une tueuse à gages qui le menaçait ?"

Il n'arrivait pas à croire que sa vie, dont il essayait de conserver l'équilibre depuis tant d'années venait de s'écrouler comme un château de cartes. Il se sentait vulnérable, prêt à s'effondrer au moindre souffle de vent. Il se répétait en boucle "Comment en suis-je arrivé là ?" espérant une réponse qui ne semblait pas venir.

Il se leva, sachant qu'il allait avoir besoin de quelque chose plus fort que du cannabis pour tenir le coup cette fois ci, et sortit en pleine nuit chercher ce réconfort synthétique dont il avait tant envie ce soir.

Chapitre 8

-       *Arrêtez ça ! cria Jeff de la voix fluette d'un enfant de 8 ans*

-       *Reste tranquille et laisse-toi faire, répondit l'homme. Tu vas te taire oui !*

Il plaqua sa main sur le visage de Jeff, couvrant ainsi les appels à l'aide du pauvre garçon frêle qu'il avait enfin réussi à prendre dans ses filets.

Des larmes ruisselaient sur ses joues, il pensa plusieurs fois à mourir. La douleur était un supplice, il voulait que cela s'arrête. Puis pensant à Milla et Ricky il essaya de se débattre. "Qui s'occupera d'eux si je meurs ?" pensa-t-il. Regroupant ses dernières forces, il se débattit avec vigueur pour échapper à l'emprise de cet homme qui avait pourtant six fois son âge. D'un geste défensif il asséna un coup de pied dans la cage thoracique de ce dernier, lui coupant le souffle et le forçant à lâcher prise. Il se mit à courir le plus rapidement possible, entendant les râles de son agresseur qui lui prédisaient sa mort prochaine. Il rentra à la maison à moitié dévêtu et du sang suintait un peu partout sur son corps d'enfant. Il monta les escaliers le plus rapidement possible, s'enferma dans la salle de bain. Il prit un gant et se lava, encore et encore, se frotta à s'arracher la peau.

Jeff, tu as les médicaments pour Ricky ?
demanda la petite voix de Milla de l'autre côté de la porte

Jeff fit tomber le gant, se rendant compte qu'il avait oublié le sachet de médicaments en partant. Il s'effondra, tomba sur le sol et pleura à ne plus pouvoir respirer. Milla ouvrit la porte de la salle de bain, n'ayant pas entendu de réponse de son frère et s'inquiétant pour lui. Elle se précipita alors pour enlacer le corps meurtri de son frère. L'expression de terreur que portait le visage de son frère la marqua à tout jamais.

-       Qu'est ce qui s'est passé Jeff ? Qu'est ce qui t'es arrivé ?

Voyant l'inquiétude dans le regard de sa sœur, il se redressa, expliqua avoir été frappé par un groupe d'adolescents et avoir oublié en chemin les médicaments de Ricky. Pour la première fois, il mentit à sa sœur et celle-ci s'en était rendu compte.

-       J'y vais, reste là !
-       NON ! cria Jeff
-       Alors je viens avec toi et je ne te laisse pas le choix.

Milla le prit dans ses bras et il y pleura quelques minutes qui lui parurent une éternité.

Jeff se réveilla en sursaut, se saisissant la tête à deux mains, il essuya d'un revers les larmes qui inondaient ses joues. Depuis dix-sept ans, il refaisait inlassablement le même cauchemar. Il donna un coup violent dans sa table de chevet, renversant la photo que Julie lui avait offerte il y a quelques années. Il la prit et la regarda longuement. Son rythme cardiaque revint progressivement à la normale et il se leva. Il avait pris les somnifères que lui avait prescrit le psychiatre mais cela n'avait pas eu grand effet. Il se prépara son anxiolytique habituel et se dirigea vers la fenêtre.

- Mal dormi l'incapable ? entendit-il d'une voix stridente, presque désincarnée

Jeff fit volt face brusquement et vit Jessica au fond de la pièce. Un frisson courut le long de sa colonne vertébrale et ses mâchoires se crispèrent presque instantanément à sa vue.

- Tais-toi, l'invectiva-t-il les dents serrées

- Je ne me tairai jamais, sache-le, ricana-t-elle.

Elle s'approcha du bord du lit et s'assit en face de la photo que regardait Jeff quelques instants plus tôt.

- Parfait, sourit-elle

Lorsqu'il entendit son commentaire, il se souvint n'avoir entendu que cela avant de s'évanouir la nuit de l'agression.

- Il est temps que je t'expose ce que tu dois faire pour nous, dit-elle en reposant la photo.
- Je ne ferai rien pour vous, s'exclama Jeff d'une voix assurée

Jessica rigola à gorge déployée.

- Tu vas très vite changer d'avis, reprit-elle dans un ton beaucoup plus menaçant.

Jeff encadra sa tête de ses mains et demanda ce qu'ils voulaient de lui.

-       Avant toute chose, si tu ne remplis pas le

contrat, sache que je me ferai un plaisir de

faire couler ton sang, mais avant cela, je

me serai chargée de te voir enterrer

chaque personne que tu aimes,

commença-t-elle.

Jeff la dévisagea avec angoisse, elle n'avait

vraiment pas l'air de dire ses paroles à la légère.

Ses mains se mirent à trembler pendant qu'il faisait

les cent pas dans sa chambre.

-       Pour le contrat, cela va être très simple.

Tu vas envoyer un message à ta chère

amie, dit-elle en pointant la photo de son

doigt, lui demandant de venir te rejoindre

où tu le souhaites et tu vas la tuer.

Jeff se figea lorsqu'il entendit les derniers mots prononcés par Jessica, il resta interloqué pendant quelques instants, venait-elle vraiment de lui demander de tuer Julie ?

Chapitre 9

-   Il n'en est pas question ! cria-t-il de désespoir. Qu'est-ce que vous lui voulez ? Et pourquoi moi ? Vous ne toucherez jamais à un seul cheveu de Julie !
-   Nous, non. Mais toi, oui ricana Jessica

Jeff s'emplit de rage et jeta le premier objet qui lui passa sous la main au visage de Jessica. Celle-ci resta impassible se contentant d'esquiver le projectile. Elle se leva, avança vers Jeff d'un pas déterminé, son regard glacial le transperça de part en part. Arrivée à sa hauteur, et dans un geste aussi rapide que soudain, elle trancha les paumes de main de Jeff. Il regarda la coupure saigner un moment sans comprendre ce qui venait de se passer.

- Ne t'avise plus jamais de me sous-estimer, siffla Jessica avec un ton méprisant. Si cela ne tenait qu'à moi, cela ferait longtemps que tu serais mort.

- Alors, tue-moi tout de suite ! cria Jeff qui se dirigea vers sa salle de bains pour nettoyer ses blessures et appliquer une bande sur ses mains pour masquer les plaies.

- Ce n'est pas le contrat, se contenta de répondre Jessica

- Je ne tuerai pas Julie, c'est hors de question ! s'époumona Jeff

- Très bien, répondit froidement Jessica.

Elle s'approcha de nouveau de lui, sortit de son sac la photo de Milla et Ricky qu'il avait dans son portefeuille le soir de l'agression.

- Par lequel des deux, veux-tu que je commence ? susurra-t-elle
- Non pas eux, laisse les tranquille !
- Un contrat est un contrat, tu refuses de le remplir, tu en payeras les conséquences.

Elle ferma les yeux, planta son couteau dans la photo qui transperça le visage de Ricky.

- Je vois que le hasard a choisi ma proie. Parfait, dit-elle froidement.
- Ne fais pas ça ! Arrête !
- Je te laisse jusqu'à demain, soit tu acceptes le contrat, soit tu diras adieu à

ton petit frère chéri. Dépêche-toi de choisir, l'incapable.

L'instant d'après elle n'était plus là. Jeff s'effondra au sol, son cœur allait exploser. La douleur le transperçait, il avait l'impression qu'on lui arrachait chaque organe vivant. Choisir entre sa famille ou Julie était impensable pour lui. Les larmes inondaient, il n'arrivait presque plus à respirer. Depuis qu'il était enfant il se battait pour Ricky et Milla, il avait déjà tant supporté, il avait tant enduré. Puis il avait rencontré Julie, c'était son seul espoir, sa lumière dans une vie de ténèbres, sa bouée de sauvetage. Elle lui avait fait reprendre confiance en l'être humain, elle lui avait montré que le monde n'était pas si noir qu'il le pensait.

Il se releva sentant la douleur et la haine s'emparer de lui et commença à renverser tout ce qu'il y avait à portée de main. Il frappa le mur de ses mains ensanglantées, il avait besoin d'avoir mal. Il avait besoin de ressentir une douleur physique pour calmer la souffrance que le dilemme lui infligeait.

Une fois sa rage apaisée, il sortit de la poche de sa veste ce qu'il était parti chercher la veille au soir. La drogue était désormais devenue omniprésente dans sa vie. Il coupa une paille et inspira la ligne qu'il venait de faire.

Quelques minutes plus tard, il y voyait plus clair, il devait se rendre à la police et expliquer tout ce qui se passait, eux pouvaient l'aider. Ils sauraient protéger son frère et Julie.

Il prit sa veste et descendit les escaliers. Dans la cuisine, il trouva sa mère en train de se disputer avec une de ses conquêtes. Il avait arrêté de compter depuis le temps, il avait tous le même profil, alcoolique notoire à tendance violente. Il en avait déjà viré plus d'un de la maison et cela avait toujours tourné au pugilat pour Jeff qui avait "viré le nouvel amour de sa vie" à sa mère. Il décida de poursuivre son chemin, estimant avoir déjà assez de soucis sans se rajouter de conflit aujourd'hui.

- Lache moi, arrête ! cria Mme Stanford

Jeff ne put s'empêcher de revenir sur ses pas et trouva le nouvel amant une main sur la gorge de sa mère et l'autre levée prête à lui asséner une un coup de poing. Jeff passa en un éclair le bras autour de son cou et le força à lâcher prise. Il l'emmena de force à l'extérieur de la maison et lui ordonna de ne plus jamais remettre les pieds dans cette maison. Il entendit sa mère crier après lui mais décida de poursuivre sa quête initiale.

Les phrases de Jessica résonnaient en boucle dans la tête de Jeff, il voyait son regard déterminé encore et encore. Alors qu'il empruntait une rue plutôt fréquentée, une sensation d'angoisse s'empara de lui, il se savait observé et avait l'impression que chaque personne qu'il croisait le regardait. Comme si le dilemme qui le rongeait, était imprimé en lettres de feu sur son front. Il accéléra le pas et alors qu'il arrivait au commissariat, il s'arrêta net, comprenant que son plan était plus que compromis.

Chapitre 10

Jessica se tenait devant lui, un rictus narquois au coin des lèvres. Elle avança vers Jeff, le paralysant du regard.

-        Où vas-tu comme ça ? demanda-t-elle innocemment. Ce n'est pas une bonne idée tu sais.

-        Je dois déclarer la perte de mes papiers, mentit-il

-        Ne me prends pas pour une idiote… Elle inspira fortement et reprit : Très bien, je viens avec toi.

Jeff se sentit pris au piège. Il avança vers le commissariat, cherchant désespérément un moyen de faire comprendre son désarroi aux autorités.

Arrivant devant un officier qui se chargeait de l'accueil, il expliqua la fausse raison de sa venue. Il l'invita à entrer dans le bureau vitré à côté de la salle d'attente. Il commença alors à expliquer comment il avait perdu ses papiers, mentant à l'officier sur l'agression qu'il avait vécue.

-       Vous m'avez l'air préoccupé, souligna l'officier.

-       Je…. Non tout va bien. Jeff jeta un rapide coup d'œil à Jessica qui le fixait à travers la vitre. Vous avez tout c'est bon ?

-       Oui j'ai tout. Tenez, vous avez le numéro du commissariat ici et ma ligne directe juste là. Si quelque chose vous revient en mémoire ou si vous voulez m'en dire un peu plus, n'hésitez pas.

Jeff prit la carte que lui tendait l'officier, se leva et sortit du bureau. Jessica lui emboîta le pas et ils sortirent tous les deux. Jeff accéléra le pas, la souffrance que son cœur ressentait, l'oppressait. Comment aurait-il pu leur dire ? Elle ne le laissera donc jamais tranquille ? Comment avait-elle su qu'il se rendait au commissariat ?

- Je te l'ai déjà dit, je suis partout, répliqua Jessica qui semblait répondre à sa question mentale.

- Pardon ?

- Tu te demandes comment j'ai su que tu irais voir la police, n'est-ce pas?

- Oui, répondit avec dépit Jeff

- Nous te suivons Jeff, nous t'observons tous

- Laissez-moi ! Ça suffit !

Jeff avait hurlé en prononçant cette phrase, il leva les yeux et se mit à courir à travers la foule de passant. Il voyait leur regard se poser sur lui et ne s'arrêta pas tant qu'il n'eut pas franchi la porte de chez lui. Il claqua la porte avec force et s'assit à même le sol, le dos posé contre le bâti de porte et essaya de reprendre son souffle.

-       Pitié, laissez-moi me réveiller, ça ne peut pas être réel. Pitié, supplia Jeff les mains sur les tempes.
-       Tu étais parti où ?

La voix de sa mère résonna dans la maison, elle n'avait pas bougé de la cuisine depuis qu'il l'y avait laissée.

- Jeff, qu'est ce qui t'arrive ? dit-elle d'une voix la plus maternante possible.

Bien que l'on dise que la fibre maternelle était innée chez toutes les femmes, Jeff doutait de cela quand il regardait sa mère. Aussi loin qu'il s'en souvienne, il n'avait jamais reçu d'amour de sa part, ou du moins ce qu'un enfant entendait par amour. Il avait conscience que le départ de son père à la naissance de Ricky l'avait contrainte à travailler énormément pour subvenir aux besoins financiers de la famille. Mais cela lui avait donné l'impression d'être abandonné par ses deux parents à la fois.

- J'ai des soucis maman, mais ça va, je vais bien. Je suppose que tu vas m'engueuler

d'avoir viré ton nouveau compagnon,
répondit Jeff sur la défensive.

74   -   Non je voulais te remercier. Voilà

Elle disparut aussi vite. Jeff resta là, assis,
n'arrivant pas à croire qu'il venait d'être réconforté
par la femme qui semblait le haïr le plus au
monde. Depuis deux jours, sa vie avait pris un
tournant où il ne contrôlait plus rien. Il finit par se
lever et se dirigea vers sa chambre. Il recommença
son rituel et s'avança vers la fenêtre quand Jessica
fit à nouveau irruption dans la pièce.

     -    C'est touchant de voir que quelqu'un de si
          méfiant que toi, se laisse manipuler
          comme un vulgaire pantin par les femmes
          qui l'entourent, ironisa-t-elle

- Qu'est-ce que tu racontes ? répondit sèchement Jeff

- Tu aurais presque de la peine pour ta mère après ces quelques remerciements minables alors qu'elle n'a jamais été là pour toi. Dis-moi, elle t'a remercié pour être allé chercher les médicaments de Ricky ce jour-là, ou elle s'est contentée de te gifler pour avoir sali tes vêtements ?

- Comment sais-tu ça toi ?

- Tu me fatigues à poser toujours les mêmes questions, nous voyons et savons tout de toi Mr Jeff Stanford. Que ce soit ta vie actuelle ou passée, tes amis, ta famille, tes démons, tes addictions... Nous connaissons tout de toi. Je sais même ce que pensent réellement les autres de toi, dit-elle en ricanant.

-    Ce n'est pas possible…

-    Je te laisse le croire si cela te rassure, mais c'est marrant de te voir prêt à risquer la vie de ton frère pour une femme qui s'est toujours moquée de toi.

-    De quoi tu parles ! cria Jeff

-    De ta belle et douce Julie, fredonna Jessica en s'allongeant sur le lit de Jeff. Cela fait bien longtemps maintenant qu'elle se sert de toi.

Chapitre 11 :

- Tais-toi ! cria Jeff. Je t'interdis de parler d'elle

- Tu es vraiment bête, souffla Jessica. Tu ne t'es jamais demandé pourquoi elle avait mis autant de distance avec toi ?

- Elle ne voulait pas gâcher notre amitié ! Tu devrais le savoir, toi qui sais tout.

Le ton de Jeff était de plus en plus froid, il ne supportait pas qu'on remette en cause les liens d'amitié qui le liaient à Julie.

- Justement, ricana Jessica. Je sais pourquoi elle a vraiment coupé les ponts avec toi et je la comprends quand je vois à quel point tu es un incapable.

- Je refuse de te croire...

Jeff posa les mains sur ses tempes. Jessica essayait de remettre en cause tout ce qui constituait les fondements de sa vie actuelle.

- Elle a vu en toi le petit animal blessé qu'elle a essayé de sauver. Voyant à quel point tu serais un boulet dans sa vie si bien rangée il fallait qu'elle trouve un moyen de s'éloigner sans te blesser. Une vraie mère Thérèsa... gloussa Jessica.

Le cendrier posé sur le rebord de la fenêtre vola dans la pièce et s'écrasa contre le mur. Jeff était hors de lui, la haine le remplissait un peu plus à mesure que Jessica prononçait chacun de ses mots.

- Très bien, reprit-elle, je voulais t'aider à faire ton choix. Le temps est compté, Jeff Stanford.

Soudain la porte de la chambre s'ouvrit et Mme Stanford entra dans la pièce.

- Bon sang, Jeff ! Qu'est ce qui se passe ici ! Tu as vu l'état de ta chambre.
- Ça va maman, mentit Jeff en espérant la faire sortir le plus vite possible de son espace.
- Ça va ? Tu oses me dire que ça va, tu as tout détruit, hurla-t-elle. Tu me désespères de plus en plus... C'est tout ce que tu as toujours su faire... détruire.
- Tais-toi !

Malgré le respect que Jeff essayait de conserver envers sa mère, il ne pouvait en entendre davantage aujourd'hui. Les larmes lui montèrent aux yeux et il sentait la haine lui brûler les joues.

- Non je ne me tairai pas, je suis ta mère ! Est-ce que tu crois que c'est facile d'avoir un enfant incapable comme toi ? Tu as tout mis en échec depuis ta naissance.

- Tu es en train de dire que c'est ma faute si papa est parti ? questionna Jeff, les yeux noirs et les poings serrés.

- Il avait dû voir à quel point tu étais mauvais. J'aurais dû faire comme lui, à l'heure qu'il est, j'aurais une belle maison, des enfants dont je pourrais être fière et j'aurais pu refaire ma vie avec Éric.

A la prononciation de ce prénom, Jeff perdit le peu de sang-froid qu'il lui restait encore dans les veines, il s'approcha du visage de sa mère et hurla :

- Parce que je dois m'excuser de m'être fait violer par cet enfoiré !

- Tu l'avais cherché.

Jeff bouscula sa mère et sortit de la chambre en un éclair. Il ne pouvait rester une minute de plus avec elle, l'oppression dans sa poitrine l'empêchait de respirer. Il retrouvait la mère qui ne l'avait jamais aimé. Il avait l'impression que son cœur allait exploser. La douleur était si forte, les larmes coulaient inondant son visage. Il s'assit sur un banc et laissa le froid de la nuit printanière l'apaiser.

Une fois plus calme il sortit son téléphone et décida d'appeler Julie. Il avait besoin d'elle. Celle-ci ne répondit pas. Il laissa un message expliquant qu'il avait besoin de la voir et attendit quelques minutes. Les paroles de Jessica tournaient en boucle dans sa tête au fur et à mesure que le temps s'écoulait. Il commençait doucement à douter de leur amitié. Soudain une bouffé d'angoisse l'envahit en pensant qu'il avait laissé sa mère avec Jessica. Il avait beau avoir la plus grande haine contre elle, il ne pouvait la laisser avec une tueuse à gage. Il se leva d'un bond, murmurant le prénom de cette dernière.

- Tu ne pensais tout de même pas à rentrer chez toi pour sauver ton adorable maman de mes griffes ? Entendit-il derrière lui.

- Comment fais-tu ça ! Cria-t-il

- Tu es tellement prévisible... même après ce que vient de te faire subir ta génitrice, tu penses à la sauver. Mais tu ne pourras sauver tout le monde ce coup-ci Jeff.

Chapitre 12 :

- Mais qu'est-ce qu'elle vous a fait à la fin…

La voix brisée par les larmes, Jeff s'était assis à nouveau sur le banc, les coudes sur les genoux et tenait sa tête entre les mains.

- Contente que tu me poses enfin la question. Tu vois lors de la soirée, il y a deux jours, ta petite protégée a pris des photos qu'elle n'aurait pas dû prendre et surtout, elle a vu ce qu'elle n'aurait pas dû voir.
- Elle a supprimé les photos, c'est ce que je lui demandais et elle l'a fait, répondit Jeff
- Elle t'a menti. Et ça a vraiment déplu à mon patron qui souhaite éliminer de

manière radicale tout ce qui pourrait se mettre à travers son chemin électoral.

- Électoral ?

- Tu comprends mieux pourquoi elle doit mourir maintenant. Elle aurait dû t'écouter et elle l'aurait fait si elle avait un peu de considération pour toi.

- Pourquoi moi, qu'est-ce que j'ai à voir dans cette histoire ?

- C'est très simple, même toi tu devrais comprendre, ironisa Jessica. Les vigiles t'ont vu l'emmener de force dehors. A partir de ce moment-là, tout était joué. Il nous fallait récupérer des informations sur toi, savoir à quel point tu étais proche d'elle et quel moyen de pression on aurait. Malheureusement pour ça il nous fallait s'approcher de toi. J'ai eu l'idée de jouer les jeunes femmes en détresse, j'ai vite compris que tu semblais aimer jouer les chevaliers blancs. Et la suite tu la connais.

- Je ne comprends pas pourquoi vous voulez que je la tue. Ça n'a pas de sens, je suis son meilleur ami, jamais on ne m'accusera !

- Voyons, " le meilleur ami, secrètement amoureux depuis des années, tue sa dulcinée par passion".... Ça fait un magnifique libellé mielleux pour les chaînes d'information à scandales, tu ne crois pas ?

Jessica portait sur elle un sourire qui glaça le sang de Jeff. Il n'arrivait pas à croire ce qu'il venait d'entendre. Il s'énerva en comprenant à quel point il avait été idiot de venir en aide à Julie ce soir-là. Il l'avait pourtant mise en garde, il savait que ça allait arriver, il le sentait. Il ne se trompait jamais et elle aurait dû le savoir depuis le temps. Il soupira longuement.

-   Je ne pourrai pas faire ça, vous vous êtes trompé de cible, je ne pourrai pas la tuer.

-   Ta famille en payera les conséquences alors Jeff.

-   Tue-moi plutôt qu'eux, pitié.

-   Ça ne marche pas comme ça, Jeff. Tu sais, tu es comme un animal que l'on dresse, s'il n'obéit pas, on le frappe là où cela lui fait mal, et il devient souvent beaucoup plus docile après.

-   C'est faux, siffla Jeff

-   Je te laisse jusqu'à demain matin 8h. Si tu n'as pas changé d'avis d'ici là, tu pourras dire adieu à Ricky.

Jessica commença à s'éloigner progressivement. Jeff maintenait de plus en plus fermement sa tête, il ne pouvait pas faire de mal à Julie et ne supportait pas l'idée qu'il arrive quelque chose à Ricky. Son corps se déchirait, prit dans un dilemme où il savait qu'il n'en sortirait pas indemne. Repensant à la promesse qu'il avait faite à Milla et à Ricky de ne jamais les abandonner, il se voyait dire deux jours plus tôt à Julie qu'il ne laisserait personne lui faire du mal. "Quelle ironie du sort" pensa-t-il. Il n'arrivait même plus à pleurer tellement la douleur commençait à faire partie intégrante de son être. D'une voix non assurée, la gorge nouée il interpella Jessica qui continuait de s'éloigner.

-    C'est d'accord.

Un sourire s'afficha sur le visage de celle-ci, elle avait réussi. Elle savait très bien manipuler les gens, c'était son métier. Elle revint sur ses pas avec une fierté non dissimulée.

- Je préfère ça. Donne-lui rendez-vous demain à 22h où tu veux, mais choisis bien. Je te guiderai demain sur la façon dont cela va se passer. Dernière chose, ne me déçois pas une fois de plus, je ne te laisserai plus de délai.

Jessica disparut. Jeff resta là, assis sur le banc. Il n'en revenait pas, il venait de signer un pacte avec le diable.

Chapitre 13 :

Jeff avançait dans un long couloir, celui-ci lui semblait familier mais il n'arrivait pas à se souvenir où il se situait. Il entendait des cris partout, son cœur battait à tout rompre. Il ouvrit la porte qui se trouvait en face de lui, et entra dans une pièce sombre. Lorsque la lumière s'alluma il y vit Julie, attachée sur une table et Jessica s'approchant d'elle. Il vit qu'elle faisait danser la lame d'un long couteau entre ses doigts. Il ne pouvait pas bouger, il essaya de crier mais en vain. Il entendait les appels au secours de Julie, elle hurlait son prénom mais il resta de marbre. Il voyait Jessica s'avançait de plus en plus vers sa victime, commençant à faire courir la lame sur le corps de Julie. Jeff était impuissant, il ne pouvait rien faire et des larmes coulaient le long de ses joues. Jessica le fixa de son regard glacial et transperça le cœur de Julie.

Jeff se réveilla en sursaut. Il avait fini par s'endormir d'épuisement sur le banc. Il regarda l'heure, il faisait encore nuit noire. Il avait à peine dormi deux heures et se sentait toujours aussi anéanti. Il n'arriverait jamais à faire ce que Jessica lui demandait. Il ne pouvait pas faire de mal à Julie. Il secoua la tête et se leva, il fallait qu'il rentre chez lui. Il était pour lui impensable de dormir à nouveau, mais il avait besoin de ses anxiolytiques habituels. Bien qu'il connaissait les effets négatifs de la drogue, elle lui avait semblé un salut à ses années d'insomnie et d'angoisse, sans ça il serait mort à l'heure qu'il est. "J'aurais peut-être mieux fait de me suicider" pensa-t-il, avant d'écarter l'idée d'un revers de la main, il avait beaucoup trop peur de la mort pour cela, il ne pouvait pas imaginer laisser Ricky et Milla seuls. Il marcha d'un pas lourd, voyant à nouveau de film de la conversation qu'il avait eu avec Jessica. Il fallait qu'il trouve un moyen pour sauver Julie et Ricky.

En arrivant dans la maison, celle-ci lui semblait calme et paisible. Il supposait que sa mère avait fini par s'endormir en cuvant les litres de vin qu'elle buvait depuis des années. Il pouvait connaître son degré d'alcoolémie à son degré de virulence dans ses propos. Il avait longtemps essayé de se rassurer en se disant que c'était l'alcool qui parlait quand elle le dénigrait mais cet espoir s'amoindrissait au fur et à mesure du temps. Arrivant dans sa chambre, il sortit son téléphone de sa poche, se souvenant avoir appelé Julie et espérant y trouver un message de celle-ci. Il y découvrit un message de Milla uniquement, celle-ci disait s'inquiéter pour Ricky qu'elle trouvait bizarre en ce moment, et lui demandait de passer le voir.

- Ça fait toujours bizarre de se sentir suivi, n'est-ce pas ? gloussa Jessica dans un coin de la pièce.

- Qu'est-ce que tu racontes ? répliqua agressivement Jeff qui commençait à s'habituer aux arrivés soudaines de sa persécutrice.

- Je t'ai entendu lire le message de ta petite sœur, ton frère se sent bizarre n'est-ce pas ?

- Oui

- Ça peut s'entendre quand on se sent suivi, observé, épié. Que nos moindres faits et gestes sont notés, que chacun de nos déplacements est traqué.

- Pourquoi vous le suivez, je t'ai dit que j'allais faire ce que vous me demandiez !

- Disons que j'ai besoin de quelques garanties. Je te l'ai dit, je ne te laisserai pas une deuxième possibilité de me décevoir.

- Et si elle ne me répond pas ? questionna Jeff, la voix nouée

- Pourquoi ta meilleure amie ne te répondrait pas à ton appel au secours, Jeff ? répondit obséquieusement Jessica. A part si elle se moque de toi et qu'elle n'en a rien à faire que tu puisses perdre ton frère de sa faute…

- Et si elle est occupée, si elle a un shooting, elle aussi a des problèmes en ce moment…

- N'essaye pas de lui trouver des excuses, si elle t'appelait Jeff, tu accourais non ?

- Oui sans doute

- Envoie-lui le message, maintenant. Et sois convaincant.

Jeff se sentait de plus en plus prise au piège dans un jeu diabolique où il n'était qu'un pion qu'on voulait sacrifier. Sous l'autorité de Jessica, il envoya un message à Julie :

" Il faut absolument que je te vois ce soir à 22h Julie, j'ai vraiment de gros problèmes, j'ai besoin de toi. S'il te plait, réponds-moi vite."

Quelques instants plus tard le téléphone sonna, Jeff n'arrivait plus à respirer, c'était fait. Il allait devoir faire un choix maintenant.

" Ok Jeff, ce soir au point de vue à Nice, comme d'habitude, essaye de dormir. Bisous"

Jeff toisa Jessica du regard et d'un ton sûr de lui, répliqua :

- Tu as sous-estimé son amitié envers moi. Tu te trompes depuis le départ. Tu disais tout savoir mais au final tu ne sais rien.

Jessica bondit sur Jeff, le plaquant sur le lit.

- J'en sais bien plus que tu n'en sauras jamais. Manque-moi encore une fois de respect et je te ferai regretter d'avoir un jour su utiliser ta langue.

Jessica se releva, sans difficulté, laissant Jeff tremblant de peur sur le lit. Elle lui pointa du doigt la cocaïne présente sur sa table de basse qu'il venait déjà de consommer et lui dit :

- Prends-en beaucoup aujourd'hui, tu en auras besoin, l'incapable. Si tu arrives tremblant de peur face à ta dulcinée, tu vas échouer et Ricky en paiera le prix. Ce n'est pas ce que tu veux, non ?

Jeff s'assit et exécuta les ordres de Jessica.

- Au passage, ne te félicite pas trop vite de ta belle amitié. J'espère pour toi qu'elle viendra au rendez-vous, cette fois ci.

Jessica avait raison, elle lui avait plus d'une fois fait défaut au dernier moment, il sentit sa confiance en elle s'ébranler encore une fois. Il était pris entre deux eaux tumultueuses : espérer qu'elle vienne ce qui le condamnerait à la tuer ou espérer qu'elle ne vienne pas et condamner son frère. Les larmes ruisselèrent sur ses joues quand son regard se posa sur la photo de Julie. Pourquoi l'avait-elle mis dans cette situation.

Chapitre 14 :

Jeff avait passé la journée à rappeler le rendez-vous à Julie. Il espérait qu'elle trouve une solution à son problème, qu'elle serait, elle, se sortir de cette impasse sans dommage. Son plan était clair, il faisait croire à Jessica qu'il allait la voir pour suivre le plan établi mais dévoilerait tout à Julie. Il devra ensuite improviser en espérant que Jessica lui laisse le temps de mettre son frère en sécurité. Il savait intérieurement que son plan était bancal, et reposait exclusivement sur la réactivité de Julie mais il n'en avait pas d'autre et ne semblait plus avoir vraiment le choix.

Le trajet lui semblait interminable, ils l'avaient fait des centaines de fois avec Julie mais cette fois-ci il ne semblait plus se terminer. L'angoisse le tétanisait de plus en plus au fur et à mesure que les kilomètres défilaient. Il jetait des regards inquiets sur le siège passager où il avait déposé le couteau qu'il était censé utiliser pour la tuer. Il priait pour ne pas avoir à s'en servir. Il était au bord du précipice et sentait qu'il pouvait basculer à chaque instant.

Il arriva tôt sur place. Il avait demandé à Julie de venir pour 21h30, et il avait presque une heure d'avance sur ce qu'ils avaient prévu. Il espérait que cette demi-heure lui serait suffisant pour trouver une solution avant l'heure fatidique de 22h. Il répétait en boucle tout ce qu'il avait prévu de lui dire.

-   Qu'est-ce que tu révises comme ça ?

Soupçonna Jessica

- Je ne sais pas ce que je vais lui dire, il me faut bien une excuse pour lui expliquer pourquoi je l'ai fait venir

- Tu mens, grinça Jessica. Tu penses pouvoir déjouer notre plan, l'incapable ? Ta naïveté me fait rire. Pas sûr qu'elle fasse rire Ricky autant que moi.

- Où est-il en ce moment ?

- Chez lui, sous haute surveillance

- Comment puis-je être sûr que tu ne vas pas le tuer quel que soit ma décision ?

- Il va falloir que tu me fasses confiance Jeff Stanford. Nous t'observons depuis tout à l'heure, un seul faux pas de ta part et ton frère est mort.

Il regarda fixement le paysage qu'il avait si souvent admiré. Les lumières de la ville de Nice faisaient scintiller la côte et l'eau de la Méditerranée semblait beaucoup plus paisible que le tumulte qui animait son esprit. Il se savait pris au piège, encerclé. Il sentait les regards le transpercer, il n'arrivait toujours pas à croire à l'irréalisme des derniers jours qui venaient de s'achever.

- Qu'est-ce que vous allez faire de moi après ? Questionna-t-il

- Nous ? Plus rien. C'est la police qui se chargera de toi. Mais ne crois pas que tu ne me reverras plus. Il faudra que je sois sûre que tu n'ais pas envie de parler jusqu'à ton procès.

- Ça ne s'arrêtera donc jamais...

100

-   En tout cas ce n'est pas prêt de s'arrêter

    ce soir...

Jessica pointa du doigt sa montre, elle affichait

21h50. Jeff courut chercher son téléphone, aucun

message. Il appela Julie, il fallait qu'elle soit là

avant 22h, son cœur battait à tout rompre, il

n'aurait pas le temps de lui expliquer. Il harcela

Julie qui ne répondait pas, finissant par tomber

directement sur son répondeur.

-   Non Julie pourquoi tu me fais ça ! Je t'en

    prie réponds !

-   "Tu as sous-estimé notre amitié " ricana

    Jessica reprenant les propos de Jeff

    quelques heures plus tôt

Il changea alors de tactique et appela Milla qui
répondit à la première sonnerie.

-       Milla, va voir Ricky, il est en danger, vas-y
        vite s'il te plait, ne me pose pas de
        questions on en parlera plus tard

-       Parfait ! Rigola diaboliquement Jessica, les
        deux en une seule soirée !

Jeff comprit alors son erreur et ne laissant pas le
temps à Jessica de continuer, s'élança dans sa
voiture et partit en direction de l'appartement de
Ricky. Les minutes de son compteur de voiture lui
donnaient l'impression qu'une bombe allait
exploser à chaque instant dans son cœur.

22H05. Il se gara en bas de l'immeuble de Ricky. Il
sortit le double des clés qu'il conservait toujours
sur lui, entra dans l'immeuble. Soudain il entendit

102

le cri strident de Milla provenir de l'étage. Il monta

les marches quatre à quatre, boosté par

l'adrénaline. Lorsqu'il arriva il comprit qu'il était

trop tard, attirant Milla contre lui, il resta figé

devant le spectacle qui se déroulait sous ses yeux.

Chapitre 15

Jeff ne pouvait plus bouger, il tenait sa sœur qui criait et pleurait dans ses bras, le regard fixé sur Ricky. Les larmes lui brûlaient les yeux, il ne pouvait pas croire ce qu'il était en train de voir. Le sang dégoulinant sur le mur était pourtant bien réel. L'arme était dans la main de Ricky.

-       Pourquoi il a fait ça ? Pourquoi ? hurla Milla. J'aurais dû voir qu'il n'allait pas bien, comment j'ai pu rater ça ?

Jeff sentit la rage monter en lui. Il le savait. Il savait que son frère ne s'était pas suicidé mais qu'on l'avait abattu. Ils disaient donc vrai, il fallait qu'il fasse le choix entre Julie ou enterrer un à un tous les membres de sa famille.

La police ne tarda pas à arriver sur les lieux, alertée par le coup de feu et les cris de Milla, les voisins les avaient prévenus. Ils demandèrent à Jeff de quitter les lieux mais il se sentait incapable de bouger, ses membres refusaient de lui répondre. Il repensait à toutes les conversations qu'il avait eues avec Jessica. Comment avait-il pu la laisser faire ça ?

- Jeff, il faut qu'on sorte, viens avec moi s'il te plait, dit Milla d'une voix calme entrecoupée de sanglots. On ne peut plus rien faire pour lui.

- J'aurais pu le sauver mais j'ai rien fait parce que je suis un incapable.

Milla traîna son frère en dehors de la pièce pour laisser travailler les policiers.

- Tu n'aurais rien pu faire, Jeff, continua
Milla. Il était décidé.

- J'aurais dû… souffla Jeff avant de
s'interrompre.

L'envie de raconter toute l'histoire à sa sœur lui traversa l'esprit mais il se souvint des menaces de Jessica qu'il prenait désormais très au sérieux. Il se contenta de mentir aux policiers, expliquant qu'il avait eu un pressentiment sur ce qu'il allait se passer, qu'il avait l'impression que son frère était en danger. Les pompiers proposèrent à Milla et Jeff de les amener à l'hôpital mais ceux-ci refusèrent, ils avaient besoin d'être ensemble. Milla appela sa mère depuis son appartement, expliquant ce qu'il s'était passé. Cette dernière s'effondra au téléphone. Elle n'arrivait pas à croire Milla, demandant sans arrêt comment aller Ricky et si ce dernier allait s'en sortir. A bout de souffle, les pleurs étouffant ses mots elle tendit le téléphone à Jeff qui reprit la conversation.

- Jeff, dis-moi toi, comment va Ricky ? Il est à l'hôpital là ?

- Non, je suis désolé, il est mort maman, répondit Jeff dont le poids de la culpabilité l'écrasait chaque seconde un peu plus.

- Ce n'est pas possible, pas mon Ricky, hurla-t-elle. Mais où est ce que tu étais toi ? Tu disais que tu devais le protéger. A cause de toi je n'ai plus de fils.

Jeff lâcha le téléphone qui s'écrasa au sol. Le choc était trop rude pour lui, il ne pouvait en entendre davantage. Un bourdonnement résonna dans son crâne, il voyait encore et encore la découverte du corps de Ricky, les mots de Jessica tournaient en boucle dans son esprit, l'image de Julie lui apparut, la colère devenait aussi présente que la souffrance. Il n'avait plus l'impression d'être Jeff mais une immense montagne de haine et de culpabilité. Tout tourna autour de lui et il perdit connaissance.

Lorsqu'il ouvrit les yeux, Milla le giflait pour lui faire reprendre ses esprits. Elle n'était pas très sûre de sa méthode mais il était clair que le choc l'avait ramené à elle. La première image qu'il vit était le visage de sa sœur noyé de chagrin. Il lui serra la main et elle s'effondra contre sa poitrine, le suppliant de ne pas la laisser seule.

- Je vous avais promis de ne jamais vous abandonner mais je l'ai fait. Pardonne moi Milla, je ne laisserai jamais personne te faire du mal.

- Tu ne nous as pas abandonnés, répondit Milla qui ne pouvait comprendre les sous-entendus de Jeff. Mais je t'en prie, j'ai besoin de toi maintenant.

Il la prit à nouveau dans les bras, répétant sans arrêt qu'il ne la laisserait pas tomber.

Chapitre 16

Milla avait fini par s'endormir. Jeff avait attendu presque deux heures avant de bouger de peur de la réveiller puis avait fini par la soulever délicatement pour l'emmener dans son lit. Une fois la porte fermée il était sorti sur le petit balcon de l'appartement de sa sœur afin de prendre sa dose d'anxiolytique en réfléchissant à ce qu'il allait arriver maintenant.

- Tu as fait ton choix désormais ?

La voix perçante de Jessica brisa le silence qui régnait dans la rue. Jeff sentit tous les muscles de son corps se raidir, il serra les poings, se retourna et asséna un coup de poing à quelques centimètres du visage de Jessica.

-       Je te tuerai, siffla-t-il entre ses dents

-       Si tu me tues, un autre prendra ma place, par exemple celui qui s'est chargé de Ricky. D'une façon comme d'une autre, il va falloir que tu nous écoutes si tu veux sauver ta sœur, l'incapable.

Jeff allait à nouveau frapper le mur quand il s'arrêta. Elle avait raison, il ne pouvait pas se permettre de perdre Milla aussi. Il tira longuement sur son joint.

-       Je n'arrive pas à croire que vous ayez tué Ricky, il était innocent dans cette histoire.

-       Nous ne l'avons pas tué, tu l'as tué. Si tu nous avais écouté dès le départ, Ricky serait encore en vie, Jeff. Enfin, tu n'es

pas le seul fautif, reprit Jessica de marbre.

- De quoi tu parles ?

- Si Julie était venue ce soir, ton frère serait

vivant, n'est-ce pas ?

Cette dernière phrase fit palpiter le cœur de Jeff, il

sortit son téléphone de la poche de sa veste. Il y

vit plusieurs appels manqués de son travail. Pris

dans le dilemme moral que lui imposait Jessica, il

n'avait pas un seul instant pensé qu'il devait

travailler ce soir-là. Il continua de faire défiler son

journal d'appel, il n'en avait pas grand-chose à

faire de son travail aujourd'hui. Il ne vit pas le

nom de Julie s'afficher une seule fois. Pas d'appel,

pas de message. La colère montait en lui, elle

l'avait trahi.

- Comment a-t-elle pu me faire ça ?

- Je te l'ai déjà dit, tu ne comptes pas pour elle. Elle se moque de toi depuis le début et toi tu en arrives à tout sacrifier pour elle, jusqu'à la vie de ton propre frère…

- Comment ai-je pu être aussi naïf ? déclama Jeff avec un désarroi coupable

- Alors que tu te noyais dans ses jolis yeux, tu n'as même pas su voir à quel point ceux-ci te mentaient. Tu étais une proie facile, un jeune homme renfermé avec un passé difficile, il n'en fallait pas plus pour qu'elle arrive à te manipuler. Il lui suffisait de jouer la petite fille à protéger.

- Je n'avais jamais ouvert mon cœur à qui que ce soit avant elle !

-   Et tu te rends compte maintenant qu'elle s'est contentée d'y glisser son poison, te rendant dépendant d'elle. Elle te savait à ses pieds. Il est facile après de se mettre en danger quand on sait que Jeff accourra quoi qu'il arrive.

Jessica utilisa un ton moqueur pour prononcer sa dernière phrase assassine. Elle eut l'effet d'un électrochoc pour Jeff qui se rappela les nombreuses fois où il avait dû venir en aide à Julie. Il avait toujours mis ça sur le compte de la crédulité de celle-ci, qui avait la fâcheuse manie de s'entourer des mauvaises personnes. Elle avait su lui donner l'impression qu'elle avait besoin de lui, qu'il était important pour elle. Toutes ses croyances s'effondraient peu à peu. Cela faisait des années qu'il vivait dans le mensonge et il ne s'en rendait compte qu'aujourd'hui. Il avait été manipulé depuis le départ et commençait à maudire le jour de sa rencontre avec elle. Le doute s'installait de plus en plus dans son esprit, tous les souvenirs qui le submergeaient lui semblaient amers et faux désormais.

- J'ai essayé de te mettre en garde pour t'aider à faire le meilleur des choix mais tu n'as pas voulu m'écouter, reprit Jessica

- Je le sais. Mon frère est mort à cause de ça.

- Et à cause d'elle, trancha-t-elle d'une voix déterminée.

Sa colère était obsédante quand son téléphone sonna. Comme si la discussion l'avait sorti de son silence, le nom de Julie apparut sur l'écran.

- Salut Jeff, j'suis vraiment désolée amigo, j'ai eu un gros souci et j'ai pas pu te prévenir je viens seulement de récupérer mon téléphone. Comment vas-tu ? demanda Julie dont l'essoufflement s'entendait à travers le téléphone.

- Mon frère est mort, trancha froidement Jeff.

- Oh mon dieu, je suis tellement désolée pour toi Jeff, je ne sais pas quoi te dire. C'est horrible. Tu veux qu'on se voie tout à l'heure, je te promets de venir cette fois, continua Julie dont la voix trahissait l'embarras et la culpabilité.

- Ce soir, à la rivière. Je t'y attendrai.

Jeff raccrocha sans laisser le temps à Julie de confirmer. Il ne comptait pas lui laisser le choix cette fois ci, il fallait qu'il protège Milla à tout prix. Il ne savait pas comment il allait le faire ni ce qui se passerait ensuite, mais une chose était claire dans son esprit : Il devait la tuer.

Chapitre 17

-       N'y vas pas s'il te plait … demanda
Martin d'un ton mielleux. C'est ton
premier soir de libre et tu le passes loin de
moi. Puis tu sais que je n'aime pas
beaucoup Jeff.

Le petit ami de Julie n'avait en effet jamais eu une
grande affection pour lui, mélange de jalousie et
de peur de son sombre passé, il n'avait jamais
réussi à lui accorder sa confiance et restait
persuadé qu'un jour il pourrait faire du mal à sa
bien-aimée.

-       Ne t'inquiète pas mon cœur, je ne serai
pas longue. Il vient de perdre son frère, je
ne peux pas le laisser comme ça. Tu sais
…

- Oui, il a été là quand tu n'allais pas bien, il t'a toujours aidée blablabla blablabla, je connais ton refrain par cœur, coupa froidement Martin. Mais j'ai un mauvais pressentiment… Tu n'as qu'à trouver une excuse comme l'autre jour et voilà…

-    Je ne peux pas lui faire faux bond deux jours de suite… Il faut que j'y aille. J't'envoie un message quand j'arrive.

-    Je suppose que je n'ai plus le choix … Sois prudente …

-    Oui mon cœur, souffla Julie qui semblait commencer à se sentir étouffée par tant de questions et de recommandations inutiles.

-    Juste une dernière chose, tu as rendez-vous où ?

- Le long de la Siagne à Tanneron… Mon interrogatoire est fini ou je dois aussi envoyer mes coordonnées GPS quand j'arrive et porter un micro pour t'assurer que tout ira bien, ironisa Julie qui sentait l'énervement monter, ses tempes menaçaient d'éclater !

- Oui c'est bon, répliqua Martin qui comprit qu'il était allé trop loin cette fois ci. Je te laisse filer, à tout à l'heure.

- Je t'aime, fit-elle en attrapant ses clés et son sac.

Elle sortit dans la foulée, laissant Martin en proie à ses inquiétudes. Quelque chose le travaillait. Son estomac noué ne faisait que conforter l'idée que quelque chose allait se produire ce soir. Il attrapa son téléphone d'un geste brusque voulant tenter une dernière fois de convaincre sa compagne que c'était une mauvaise idée mais se ravisa. Elle finirait par penser qu'il avait perdu la raison. D'un calme olympien en temps normal, seule Julie arrivait à le mettre dans ses états. C'est d'ailleurs ça qui lui avait tant plu chez elle. Cette fraicheur qu'elle soufflait sur sa vie avait été une vraie bouffée d'oxygène. Mal à l'aise dans son costume trop grand, au bras d'une femme qu'il avait été obligé d'épouser, les photos de son mariage furent malgré tout le meilleur souvenir de cette journée pourtant aussi grisâtre que le ciel de décembre. Un jeune marié qui a le coup de foudre pour la photographe de son propre mariage, c'est quand même ironique comme histoire, peu moral diront même certains. Mais malheureusement cela n'était que la triste vérité.

Chaque jour lui prouvait davantage à quel point il avait eu de la chance ce jour-là.

Il regarda frénétiquement sa montre, inquiet de ne pas recevoir de message. Cependant serait-il vraiment soulagé une fois qu'il l'aurait reçu ? Il fallait qu'il se rende à l'évidence, ce n'est clairement pas la route qui lui fait peur ce soir mais bien Jeff. Depuis le retour de Julie il y a quelques jours de la soirée où elle lui avait raconté comment Jeff l'avait forcée à quitter son travail, il avait renforcé sa crainte à son égard. Il avait réussi à raisonner Julie sur le fait qu'elle ne devait pas effacer ses photos et lui avait fait envoyer directement ses clichés à son patron. Jeff était-il devenu paranoïaque ? Ou est-ce lui qui est en train de le devenir à force de se poser toutes ses questions ?

Il se frotta le front tout en fixant son écran de téléphone qui se mit à vibrer. Julie était bien arrivée. Il envoya un « Je t'aime » et lui rappela de faire attention, puis reposa son téléphone. Il était impuissant désormais et espérait de tout cœur que seule la jalousie agitait ces démons de l'angoisse qui dansaient en lui.

Chapitre 18

Jeff se tenait debout et contemplait le reflet de la lune sur la rivière de la Siagne qui coulait en contrebas. L'endroit était calme et il l'aimait pour ça. Il y avait souvent emmené Julie, soit pour profiter de la fraîcheur de l'eau en été ou simplement contempler la beauté historique du paysage. Il s'appuya sur les ruines de la Tour Carrée de Saint-Cassien, dernier vestige d'un château du XIIème siècle qui avait servi d'hospice. Le ronronnement de la rivière n'arrivait pas à calmer l'ébullition de ses pensées et malgré tout il se sentait étrangement calme. Il n'était plus question de stratégie à l'heure actuelle, le choix était fait. Il ne savait pas comment ça allait se passer mais il savait qu'il n'avait plus le choix. Le vent printanier soufflait dans les branches et la fraîcheur de ce début d'avril rendait l'atmosphère pesante. Une sensation d'oppression accablait sa cage thoracique. Il n'avait pas fermé l'œil depuis des heures durant. Sa décision prise, il avait pensé inlassablement à ce qu'il allait dire à Julie. Elle lui devait des explications. Elle lui avait trop souvent menti, l'avait trop souvent manipulé. Il serra les poings, des larmes brûlantes inondaient son visage. Il regarda l'heure. Lui ferait-elle à nouveau faux bond ? Si oui, il devra se charger de la trouver. Il ne laissera personne toucher à Milla. Les images de la nuit précédente revinrent à sa conscience et il sentit ses veines s'inonder de culpabilité et de rage. Le visage ensanglanté de Ricky n'arrivait pas à quitter son esprit. En avait-il seulement envie ? Son frère ne lui donnerait-il pas la force de sauver sa sœur ?

Un bruit de moteur le sortit brusquement de ses pensées. Il entendit la portière claquée et le bruissement de pas s'engageant sur le chemin escarpé qui mène à la tour. Dans le silence de ce paysage chaque bruit de pas qui avançait jusqu'à Jeff semblait être autant de battements qui lui martelaient les tempes.

-   Jeff ? dit Julie, brisant le silence du lieu.

-   Je suis là.

-   Oh Jeff !

Julie accourut jusqu'à Jeff et lui sauta dans les bras, l'enserrant fortement contre elle, elle pouvait sentir son souffle dans son cou.

-   Jeff je suis tellement désolée pour toi, qu'est ce qui s'est passé ?

Seul l'écho sembla répondre aux questions de Julie. Elle se rendit compte que Jeff était resté de marbre, les mains toujours dans les poches, il n'avait pas accueilli son accolade comme il le faisait tout le temps. Elle levait les yeux vers son visage dont le regard fixait l'horizon. Il secoua vivement la tête et eut un mouvement de recul. Julie relâcha son étreinte et abaissa son regard sur ses mains. Telle une petite fille surprise en pleine bêtise, elle jouait avec ses mains avec une culpabilité à peine dissimulée. Les minutes paraissaient s'allonger au fur et à mesure que le silence étouffait les deux amis.

- Tu m'en veux pour hier, c'est ça ? lança Julie pour se libérer de la chape muette qui semblait l'écraser.

Elle vit alors des larmes ruisseler le long des joues de Jeff. Depuis qu'elle le connaissait elle ne l'avait jamais vu pleurer. A vrai dire, le Jeff qui se trouvait devant elle à cet instant, n'avait rien du Jeff qu'elle avait toujours connu. Celui semblait si froid, si distant et à la fois si meurtri. Les cernes qui cerclaient son visage lui faisaient plus penser à un de ces morts vivants qu'elle voyait dans les films d'horreur que celui du jeune homme mystérieux et séduisant qu'elle aimait tant. Sentant la culpabilité la ronger un peu plus à chaque seconde, les larmes commencèrent aussi à inonder son visage.

- Mais réponds- moi, Jeff ! commença à crier Julie. Crie-moi dessus, engueule-moi s'il le faut mais parle-moi !

- Tu m'as trahi Julie.

La voix claire et tranchante de Jeff avait calmé nette la crise d'hystérie qui commençait à monter chez Julie. Sa phrase eut l'effet d'un coup de poing dans l'estomac et la laissa les jambes sciées.

- Je…je, balbutia-t-elle avant de se faire interrompre par Jeff

- Tu m'as trahi et mon frère est mort à cause de toi.

Chapitre 19

-    Quoi ? Qu'est-ce que tu veux dire ?

Julie resta interdite. Comment pouvait-elle être la

cause de la mort de Ricky ? Cela n'avait aucun

sens. Elle scruta le visage de Jeff, suspendue à ses

lèvres pour la sortir de ce brouillard qui semblait

s'épaissir un peu plus.

-    Tu ne m'as pas écouté, l'autre soir,

     n'est-ce-pas ? questionna-il de

     manière rhétorique.

-    Si, bien sûr que si ! protesta Julie. Je

     suis rentrée directement comme tu

     me l'avais dit.

-    Mais tu n'as pas supprimé les photos.

- Mais si ! menti-t-elle, sentant que la situation était beaucoup trop chancelante pour expliquer que Martin l'avait obligée à les envoyer.

- Tu mens, trancha Jeff.

- Fais-moi confiance, je ne t'ai jamais menti.

- Comme hier quand tu m'as promis de venir et que tu m'as laissé en plan à l'autre bout de Nice pendant que mon frère se faisait tuer ?

Julie sentit le rouge lui montait aux joues. Il n'avait pas tort, elle lui avait menti et elle lui mentait encore. Comment savait-il qu'elle avait fini par envoyer les photos ? Et surtout, pourquoi son frère s'est-il fait tuer ?

- Ecoute Jeff, d'accord je t'ai menti, j'ai bien envoyé les photos ce soir-là, tu sais Martin ne voulait pas que je perde ce contrat, il représentait beaucoup d'argent et..

Julie n'eut pas la force de continuer, sentant bien qu'aucune justification ne viendrait apaiser la souffrance de Jeff. Il avait raison, elle l'avait trahi.

- Comment as-tu pu me faire ça ? Comment ai-je pu être aussi stupide de penser que tu m'aimais vraiment ? Tu n'as fait que me manipuler depuis toutes ces années…
- Non Jeff je t'interdis de dire ça, je ne t'ai jamais manipulé !

- J'aurais pourtant dû le voir, tu ne m'appelais que quand tu avais besoin de moi, et bien sûr moi j'accourais pour sauver mon amie, ma seule amie …

Jeff frotta ses tempes avec force en répétant ce mot. La douleur devenait insupportable.

- Mais je suis ton amie, Jeff
- Alors pourquoi tu n'es pas venue hier ?
- Je t'ai dit j'ai eu des …

Mais Julie s'interrompit. Elle savait qu'elle était à nouveau en train de mentir. Mais comment dire à Jeff qu'elle n'avait pas envie de le voir hier sans le vexer et aggraver la situation ? Il devinerait qu'elle lui mentait de toute façon. Elle se sentait prise au piège et comme un guerrier rend ses armes quand il sent qu'il n'y aura pas d'issue favorable à son combat, abdiqua :

- Je n'avais pas envie de venir te voir hier soir, j'avais prévu de profiter de Martin une heure après avoir fini mon boulot et …

- Tu n'avais pas envie de venir me voir… reformula Jeff avec une voix robotique et dénuée d'émotion. Tu as préféré t'envoyer en l'air plutôt que de venir me voir alors que je t'ai supplié de venir.

Les propos de Julie lui étaient autant de coups de poignard dans le dos. Jessica avait raison depuis le début. Elle avait joué avec lui depuis des années.

- Jeff, ce n'est pas ce que tu crois, je ne pouvais pas savoir que la situation était aussi dramatique et…

- Mais moi je suis toujours venu quand t'avais besoin de moi ! hurla Jeff. Toujours ! J'ai même quitté le travail pour venir t'aider, et je me suis fait agresser pour toi ! Je ne t'ai jamais laissé tomber. Jamais !

- Jeff, s'il te plait calme toi, je suis vraiment désolée. Tu sais avec les obligations de vie de famille ça a été plus compliqué ces dernières années pour venir te voir et…

- Tu oses me parler de famille ? Mon frère vient de se faire tuer par ta faute et tu oses me parler de famille !

La voix de Jeff n'était plus que hurlement de haine et de souffrance, tel un animal blessé il semblait à l'agonie. Julie s'avança brusquement vers Jeff et l'enlaça pour essayer de l'apaiser.

- Je suis là, je te promets que je resterai là maintenant et que je ne t'abandonnerai plus, siffla-t-elle la voix étranglée par ses propres sanglots.
- C'est trop tard maintenant.

Julie sentit une vive douleur traverser son flanc gauche, celle-ci lui coupa le souffle. Elle fit quelques pas en arrière, incrédule. Les mains appuyées contre sa plaie, elle vit une tache pourpre grandir sur ses vêtements et ne réalisa pas tout de suite qu'il s'agissait de sang. Elle continua de reculer fixant Jeff, figé, dont le regard la glaça. Soudain son pied ne trouva plus de sol sur lequel s'appuyer et elle tomba dans la noirceur de la nuit.

Chapitre 20

Malgré les deux douches consécutives qu'il avait prises, il n'arrivait pas à enlever la vision du sang sur ses mains. Il sursautait à chaque bruit et se sentait constamment observé, épié, traqué telle une proie blessée, s'attendant à chaque instant à entendre le ricanement de Jessica derrière lui. La nuit qui battait son plein n'avait rien pour le rassurer. Le vent agitait toujours les arbres et les branches meurtrissaient le carreau de sa fenêtre dans un bruit strident. La lune brillait toujours de sa lumière blafarde, comme pour lui rappeler ce dont elle venait d'être témoin une heure auparavant.

Il avait fini par trouver le sommeil ou plutôt ce dernier avait fini par le happer. Un sommeil froid, sans rêve, sans cauchemar. Il se demandait s'il n'avait pas plutôt perdu connaissance car ses yeux se rouvrirent seulement quelques minutes après.

Le retour à la réalité fut pour lui un poids insupportable. Comme un rappel inlassable de la tragédie qui se déroulait devant ses yeux, il dut se rendre à l'évidence : la mort n'était pas venue le délivrer de ce fardeau.

Il descendit les marches qui le menèrent à la cuisine pour y prendre un verre d'eau et le filet glacé qui coula dans sa gorge fut une douloureuse preuve supplémentaire qu'il était en vie. Plongé dans ses sensations corporelles il n'entendit pas sa mère arriver.

- Dégage de chez moi, ordonna Mme Stanford.

Jeff fit volteface, regardant sa mère, pétrifié.

- Tu m'as très bien entendue. Sors de chez moi immédiatement, répéta-t-elle froidement

- Pourquoi ?

- Parce qu'à cause de toi, j'ai perdu mon unique fils. A cause de ta médiocrité j'ai perdu le seul enfant dont j'ai toujours été fière.

Jeff accusa le coup, sentant la culpabilité venir le frapper en plein visage.

- J'aurais dû te virer de chez moi, il y a bien longtemps. Tu n'es qu'un incapable, un porte poisse. Et ne t'approche plus jamais de ta sœur, compris ? Je ne te laisserai pas la foutre en l'air, elle aussi.

-     Je n'abandonnerai pas Milla, je lui ai promis

-     Mais tu ne comprends donc rien ! C'est toi le problème Jeff, si tu veux l'aider, tu t'en vas. J'aurais dû te tuer à la naissance plutôt que de te laisser me pourrir la vie comme tu l'as fait. Maintenant disparais !

Les jambes de Jeff ne lui répondaient plus, il était abattu, et à nouveau ressentait cette sensation de vide intérieur. Comme si la dernière cellule de son cœur venait de mourir. Mme Stanford s'approcha du visage de son fils et le gifla.

-     Fous moi le camp d'ici ou je te tue de mes propres mains.

-     Vas-y, tue-moi, répondit-il froidement

Mme Stanford resta un moment figée par la réponse de Jeff. Venait-il vraiment de lui demander de le tuer ?

- Si tu penses que je vais provoquer la mort de Milla, alors tue-moi.

- Tu es totalement malade…

Jeff sortit brusquement le couteau qu'il cachait dans sa poche et le tendit à sa mère.

- Tue-moi ! cria-t-il. Comme ça tu auras ce que tu veux, n'est-ce pas ? Tu as passé mon enfance à me dire à quel point tu regrettais de m'avoir, tu n'as jamais été une mère pour moi. Et pourtant je t'ai aimée. Je t'ai toujours aimée, j'ai toujours voulu vous protéger.

-	Nous protéger ? Tu n'as fait que causer des ennuis à tout le monde ! A chaque fois qu'on osait dire que tu étais mon fils j'avais honte ! Honte d'avoir un gamin comme toi si… s'interrompit Mme Stanford.

-	Si quoi maman ?

-	Si bizarre. Reprit-elle. Tu n'aurais pas pu être normal comme ton frère ? Non au lieu de ça, j'allais tous les jours chercher « l'extra-terrestre » de l'école. Tous les jours j'essayais de me faire des amies et tu ruinais tout espoir pour moi d'avoir une vie sociale. Et quand enfin je trouve l'amour après plus de 10 ans à chercher quelqu'un qui accepterait de vivre avec un boulet comme toi, tu oses l'accuser de viol et tu le fais

disparaître de ma vie. J'ai tout perdu à

cause de toi.

Des montagnes russes s'activaient dans le corps de

Jeff, pourtant abattu jusque-là, il sentait la seconde

d'après la rage couler dans ses veines. N'avait-il

jamais eu la moindre chance d'être aimé comme il

était ?

- Je réitère maman, tue-moi.

- Sors de chez moi

Mais Jeff avança vers sa mère avec hâte en

répétant sa phrase. Mme Stanford recula, voyant le

visage de son fils défiguré par la colère

s'approcher de plus en plus du sien. Son talon se

prit dans la nappe provençale délavée, posée sur la

table de cuisine faisant trébucher cette dernière de

surprise. Dans sa chute sa tête heurta le plan de travail dans un bruit de fracas. Jeff se précipita pour l'aider à se relever mais sa mère avait perdu connaissance. Il essaya de la ramener à la vie, en vain. Il prit son téléphone portable et dans un discours bredouillant appela les secours qui arrivèrent en quelques minutes sur place. La police se déplaça en même temps que les pompiers – par formalité avaient-ils expliqué – mais devant le comportement suspect de Jeff – et sa mine blafarde emplie de culpabilité – les policiers s'étaient attardés sur sa version de l'histoire. Ils lui demandèrent s'il acceptait qu'ils jettent un coup d'œil pendant que Jeff partait à l'hôpital auprès de sa mère, ce qu'il avait accepté sans vraiment y réfléchir.

Chapitre 21

Il n'y tenait plus. Martin regardait sa montre toutes les minutes. Cela faisait plus de deux heures qu'elle lui avait envoyé un message pour dire qu'elle était arrivée. Il avait essayé de l'appeler mais elle n'avait pas répondu. Il se souvenait très bien l'entendre dire qu'elle n'en aurait pas pour longtemps. Il le savait. Il sentait que quelque chose de grave s'était produit. Il enfila sa veste et saisit ses clés de voiture. Il devait en avoir le cœur net et tant pis si cela lui valait une crise de sa belle. Il préférait recevoir une soufflante de sa part plutôt que de la laisser agoniser dans un coin. Cette dernière réflexion lui glaça le sang, et si c'était le cas ? Son cœur frappa sa poitrine avec vigueur, son corps se secoua de spasmes d'angoisse et les larmes vinrent abreuver ses yeux rougeoyants. Secouant sa tête avec vigueur pour ne pas perdre son self contrôle, il se focalisa sur la route. Il devait réfléchir et rester concentré. Pourquoi l'avait-il laisser partir ? Il secoua à nouveau la tête. « Reste centré bon sang ! » cria-t-il dans la voiture. L'ombre des arbres que projetait la lune semblait décrire une chorégraphie funèbre. Le vent faisait se balancer les cimes tels de vulgaires pantins. Les minutes défilaient, il scrutait l'horizon cherchant un signe d'où pouvait se trouver Julie. Il scannait sa mémoire à la recherche du moindre souvenir qui l'aiderait à retrouver Julie. La phrase ironique de cette dernière concernant les coordonnées GPS lui revint en tête, si seulement elle l'avait fait. Il avait l'impression de chercher une aiguille dans une botte de foin, une aiguille qui semblait disparaître à mesure que le temps passait. Elle n'aurait pas pu avoir un lieu spécifique, un repère qu'elle aurait pu lui montrer avant de partir qui l'aurait aidé ? « Allez Julie s'il te plait, aide-moi à te retrouver… » supplia-t-il en silence pendant que sa gorge se nouait, victime une fois de plus de ce pressentiment tenace qui l'assaillait, fendant son estomac à mesure que son angoisse grandissait. Soudain il pila net en pleine route. Il savait où elle était, elle lui avait fait découvrir le paysage un jour d'été et ils avaient passé la journée à la rivière, il se souvenait maintenant de sa candeur quand elle lui avait expliqué comment elle avait connu ce lieu qu'elle disait être si magique : Jeff. Il fit demi-tour et accéléra, ne regardant pas les chiffres grandissants qui s'affichaient sur son tableau de bord. Le vrombissement du moteur déchirait le silence de la nuit pesante. Il avait l'impression que sa destination s'éloignait sournoisement d'un kilomètre ou deux. Soudain il la vit. Surplombant

le paysage, la Tour Carrée se dressait devant lui.
En un éclair, il remarqua ce qu'il cherchait depuis
le départ : la voiture de Julie était bien là, seule. A
ce moment-là, il comprit qu'il avait eu raison de
douter de Jeff. Il se gara en trombe faisant crisser
ses pneus sur les graviers du parking et courut sur
le sentier escarpé. Se servant de son téléphone
pour éclairer chaque brindille qui se trouvait sur
son chemin, il avalait chaque mètre le séparant de
la Tour comme s'il était poursuivi par un monstre,
voire même par la Mort elle-même. Ou était-il en
train de courir vers elle ? Sa vue confirma cette
dernière crainte. Il s'immobilisa net, les poumons
en feu, son souffle se coupa. Il sentit ses jambes se
dérober sous son poids. Il fixa de longues
secondes ce que sa lampe éclairait : des taches de
sang jonchaient le sol. Il hurla alors le prénom de
Julie qui ne rencontra que l'écho. Il balaya

frénétiquement les alentours, où était-elle ? Les

larmes inondaient son visage, autant que la

culpabilité jaillissait dans cœur. Les tumultes de la

rivière de La Siagne trouvaient un écho dans le

sang de Martin. Soudain il vit d'autres traces qui se

rapprochaient du bord de la falaise. Il s'en

approcha et aperçut une boucle blonde virevolter

avec le vent. Enfin, il l'avait retrouvée. Le corps de

Julie avait été retenu par un arbuste qui avait

trouvé refuge le long de la falaise, ce qui lui avait

épargné une chute d'une dizaine de mètres de

haut. Martin la saisit avec prudence et tira son

corps vers lui, en sécurité. Il se pencha sur elle,

cherchant chaque signe de blessure. La trace de

sang noircie qui envahissait son torse lui donna un

spasme et il crut vomir son désespoir quand

soudain il remarqua un détail. Sa cage thoracique

se soulevait. Elle était encore en vie. Il ne savait

pas encore pour combien de temps mais il avait la possibilité de la sauver. Il saisit son téléphone et appela les pompiers qui se déplacèrent avec la police. Couvert de sang il monta dans l'ambulance auprès de sa belle dont le sort était désormais entre les mains des médecins. Les policiers l'informèrent qu'ils allaient suivre l'ambulance afin de recueillir son témoignage et il hocha mécaniquement la tête. Pour lui, l'affaire serait simple, il fallait que la police retrouve Jeff et qu'il l'inculpe le plus tôt possible, avant qu'il n'ait le temps de lui régler lui-même son compte.

Chapitre 22

-	Jeff ! cria Milla.

Elle s'élança vers son frère qui leva la tête du lit de sa mère. Elle le prit dans ses bras.

-	Qu'est ce qui s'est passé Jeff ?

Il ne réussit pas à répondre à la question de sa sœur, sa gorge se noua. Les larmes ne coulaient pas. En avait-il encore ? Milla saisit la main de sa mère allongée sur son lit de réanimation, inconsciente. Les machines témoignaient de l'état critique de celle-ci. Un respirateur produisait un bruit blanc alors que le scope créait un bip régulier, dernier signe de vie de Mme Stanford. Elle venait à peine d'être transférée dans le service que déjà l'équipe semblait pessimiste sur la finalité de son hospitalisation. Son alcoolisme jouait contre elle, fluidifiant son sang il avait participé à comprimer son cerveau. Bien que les médecins eussent pallié les premières défaillances organiques dont elle avait été victime, ils ne savaient pas à l'heure actuelle si son cœur supporterait longtemps les traitements. Milla saisit la main de son frère, qui la retira.

- Maman a raison, ne me touche pas, je porte la malchance.

- Qu'est-ce que tu racontes ? répondit surprise Milla qui ne semblait pas comprendre le désarroi de son frère.

- D'abord Ricky il y a à peine 48h et maintenant maman. Tous ceux que j'aime sont en train de disparaitre, les uns après les autres. Alors s'il te plait, ne me touche pas. Je n'ai plus que toi.

-       Jeff, moi aussi je n'ai que toi. Alors

s'il te plait ne dis pas de bêtise et reste

avec moi. Ne m'abandonne pas, toi

aussi.

Milla pleurait. Son corps meurtri de ces derniers

jours semblait avoir perdu la moitié de son poids.

Jeff remarqua enfin la saillance des os de sa sœur.

Il n'avait même pas prêté attention à son état. Ses

mains tremblantes tenaient celles froides de sa

mère. Sa pâleur creusait ses joues et laissaient

apparaitre le réseau de veines bleutées sous sa

peau. Cela frappa Jeff, elle semblait cadavérique. Il

saisit sa sœur et l'attira contre lui.

-       Tout ça, c'est ma faute Milla. Je suis

tellement désolé. Un jour je

t'expliquerai, je te le promets. Je te

demande juste d'être forte encore une

fois. Continue à vivre Milla. Fais-le pour Ricky et pour maman. Fais-le pour moi. Je te demande cet effort, je sais à quel point cela est dur pour toi. Mais bats-toi et vis Milla. Promets-le-moi.

Le corps entier de sa sœur tremblait au fur et à mesure que son frère finissait ses phrases. Son discours sonnait comme un adieu et cela elle ne pouvait pas l'accepter. Elle tapa le torse de son frère de ses poings comme pour se débattre face à la réalité de ses propos. Il allait partir. Elle ne savait pas pourquoi, mais il semblait vraiment penser qu'il était la cause de tous ces drames.

- Je t'en prie, Jeff. Reste avec moi. Tu ne peux pas me laisser comme ça. Je t'aime et je ne supporterais pas de perdre le dernier membre de ma

famille. On a toujours promis d'être

là, l'un pour l'autre, depuis ce jour où

je t'ai retrouvé dans la salle de bain. Je

me suis promis de prendre soin de

toi. Je devais veiller sur toi.

-   Il faut que tu vives pour toi

maintenant Milla. Si maman s'en sort,

elle aura besoin de toi. S'il te plait,

laisse-moi partir. Je veillerai toujours

sur toi.

Milla cessa de s'agiter dans les bras de son frère,

elle abdiqua. Elle ne pourrait pas le retenir, elle le

savait. Il était déterminé. Elle allait se retrouver

seule, désespérément seule. Jeff lâcha son étreinte.

Il regarda Milla et essuya ses larmes du pouce. Il

revoyait encore cette enfant qu'elle était, il l'avait

toujours trouvée forte et l'admirait secrètement. Il fixa longuement son visage, comme pour imprimer définitivement chacune de ses courbes dans sa mémoire. Puis, d'un geste brusque sortit de la chambre. A peine la porte refermée il s'adossa au mur. Son cœur allait imploser. La douleur le transperçait mais il n'avait pas le choix. Une agitation autour de lui le fit sursauter. La grande pièce où il se trouvait semblait s'affoler. Les infirmiers avaient quitté leur ilot central couvert de matériel informatique et dossiers en tout genre et s'agitaient à préparer un des boxes qui cernaient le grand hall. L'ascenseur s'ouvrit et Jeff se figea. Les boucles blondes qu'il voyait dépasser de la charlotte que portait la personne allongée sur le brancard lui coupèrent la respiration.

« C'est impossible » se répéta-t-il mais l'infirmier qui sortait du box et faisait la transmission rapide à sa collègue, finit de lever le doute sur l'identité de la jeune femme.

- Femme d'une vingtaine d'années qui a été poignardée au flanc gauche inférieur, perforation du rein et du gros intestin, elle vient de se faire opérer. Elle a été retrouvée deux heures après son agression, elle a déjà reçu 3 culots de sang et sera à transfuser encore dans une heure.

- Mon dieu, pauvre petite, s'offusqua la collègue

- Oui, comme tu dis. La police interroge le compagnon qui l'a retrouvée. Tu te doutes bien qu'elle est hospitalisée sous X, il serait mal venu que son agresseur apprenne qu'il avait raté son boulot, railla l'infirmier

Cette dernière phrase fit courir un frisson glacé le long de l'échine de Jeff. Il se sentit étouffer à nouveau, il avait besoin d'air. Il sortit du service, dévala les escaliers, traversa le hall d'entrée et passa les portes battantes. A bout de souffle il s'affala sur le premier banc venu. Les mains maladroites il fouilla ses poches jusqu'à sa dose d'anxiolytique. Lorsqu'il prit sa première inspiration, il sentit la drogue détendre déjà ses muscles et ses pensées. Au loin des bruits de pas familiers hérissèrent sa nuque. Comment avait-elle su ?

-       Tu as quelque chose à me dire minable ?

Chapitre 23

- On te demande qu'une seule chose et t'arrives encore à échouer, siffla Jessica

- Comment t'as su ?

- Je te l'ai dit, Jeff, je sais tout. Je sais aussi que tu vas remonter et finir ce que tu as commencé.

- Quoi ?

- Tu m'as bien compris Jeff, ne fais pas l'enfant. Tu dois finir ton boulot pour remplir ta part du marché.

Jeff se tenait la tête entre les mains. Il devait réfléchir et vite. Le cauchemar dans lequel sa vie avait basculé semblait interminable. Jessica devant lui n'avait pas l'air de vouloir transiger sur leur arrangement forcé. Jeff leva les yeux au ciel grisâtre, les passants qui allaient et venaient aux alentours de l'entrée ne semblaient pas voir la détresse de la scène. Mais n'était-ce pas tout à fait normal ? Après tout, rares sont les gens qui se font hospitaliser par plaisir et en font un événement gratifiant. Il souffla et sentit le regard glacial de Jessica sur lui.

- Tu n'as pas beaucoup de temps avant que les flics surveillent sa chambre, minable. Lève-toi et fais ça vite. J'attendrais avec ta sœur que tu aies fini ton boulot.

Le sourire qui déformait le visage de son interlocutrice la faisait ressemblait au Jocker. Et l'éclat de folie et d'excitation qui brillait dans ses yeux l'en rapprochait encore plus. Jeff restait immobile sur le banc, fixant le visage des passants qui semblait se déformer sous ses yeux. S'il avait quelques instants plus tôt l'impression que personne ne le remarquait, désormais tous le dévisageaient. Savaient-ils seulement l'horrible monstre qu'il était ? Et qu'on venait à nouveau de lui demander de continuer ses abominations ?

> \- Très bien, l'incapable. C'était ta dernière chance de sauver Milla.

Jessica fit volte-face et s'enfonça dans l'hôpital. Jeff lui emboîta le pas, déconnecté de la réalité. Il avançait tel un zombie, sans réflexion, sans rien ressentir. Il monta les marches qui l'amenaient dans le service serrant dans sa main le couteau qu'il avait brandi quelques heures auparavant devant sa mère. Il dépassa Jessica, avança droit sans ciller vers la chambre de Julie, arriva devant son corps inerte et leva le bras, brandissant son couteau.

Les paroles de sa mère et de Jessica raisonnaient en boucle dans sa tête, il n'entendait que leurs menaces, leurs reproches. « L'incapable » « tu es un porte poisse » « j'aurais dû te tuer à la naissance » « c'est toi le problème Jeff » puis soudain la voix de Milla brisa la ritournelle macabre de sa pensée « J'ai besoin de toi maintenant ». Il lui avait promis de ne jamais l'abandonner, que jamais personne ne lui ferait du mal. « C'était ta dernière chance de sauver Milla » la voix de Jessica tomba comme un couperet et il abattit son bras sur le corps endormi de Julie, encore et encore. Il lâcha le couteau couvert de sang et sortit de la chambre alors que les infirmiers alertés par le scope arrivaient en courant. Ils hurlèrent à la vue de Jeff mais celui-ci ne s'arrêta pas, avança vers la sortie. Il entendit le vacarme qui commençait à s'abattre dans la pièce comme un bruit de fond assourdissant, le bourdonnement d'une ruche qui s'affolait. Son corps avançait seul, et descendit les marches. Les passants qu'il croisait, sursautaient à sa vision voire poussaient des cris d'effroi mais cela n'arrêtait pas sa course. Il accéléra même le pas sans savoir ou cela le conduirait. La voix de Milla coupa son élan.

- Jeff ! Mais qu'est-ce que … sa voix s'étouffa dans un sanglot, les larmes inondaient ses joues.
- Je t'aime Milla, j'ai fini ma mission, maintenant. Personne ne te fera de mal désormais et moi non plus.

Jeff se mit à courir à nouveau et disparut dans les bois qui longeaient l'hôpital.

Chapitre 24

Cela faisait désormais quatre jours que Jeff avait disparu. Malgré les alertes lancées et les polices des villes environnantes prévenues personne n'avait réussi à le localiser. Aujourd'hui Milla devait à nouveau être interrogée par la police. L'état de choc dans lequel il l'avait retrouvée après la disparition de son frère avait rendu toute discussion impossible. Alors que l'inspecteur Hype scrutait avec intention les différents témoignages qu'il possédait déjà sur l'affaire, elle tapa à la porte de son bureau. Il se leva, déployant toute sa carrure impressionnante et fit entrer Milla. Du haut de son mètre quatre-vingt, il avait de quoi décontenancer, mais son jeune âge lui faisait pour l'instant défaut auprès de ses collègues qui remettaient régulièrement son manque d'expérience sur le tapis. C'était pour lui une question de réputation qui se jouait avec cette affaire.

- Mlle Stanford, asseyez-vous, ordonna-t-il froidement avant de se rappeler l'enfer dans lequel son interlocutrice semblait avoir plongé depuis plusieurs jours. Une vague de compassion l'envahit. Vous voulez un verre d'eau ?

- Non cela ira, merci, répondit-elle d'une voix presque inaudible.

- Toutes mes condoléances pour votre mère. Votre frère a-t-il essayé de vous contacter depuis sa disparition ?

- Non, et il ne le fera pas.

- Comment pouvez-vous en être si sûre ? Demanda-t-il.

- Il m'a parlé ce jour-là, je lui ai couru après dans les escaliers, je ne sais pas pourquoi... j'avais besoin de savoir sûrement. Il m'a dit qu'il m'aimait et que personne ne me ferait de mal, lui compris. C'était un adieu, un de plus.

La gorge de Milla se serra sous ses mots. En quelques jours sa vie tout entière avait basculé, elle avait perdu Ricky et sa mère et l'unique personne de sa famille encore en vie était un meurtrier en cavale.

- Vous avez une idée de l'endroit où il pourrait se cacher ? Reprit l'inspecteur Hype

- Il y a quelques jours, Jeff était pour moi l'homme le plus doux et respectable du monde, je ne suis plus certaine de connaître mon frère

inspecteur, siffla Milla dont la réalité

lui transperçait le cœur. Il parle peu

de sa vie, il a toujours été discret, et

ça depuis que nous sommes enfants.

La seule fois où il avait eu le cran de

parler de ce qui lui était arrivé, tout

s'était retourné contre lui.

- J'ai du mal à comprendre, expliquez-
moi.

- Il devait avoir douze ou treize ans,
notre mère travaillait beaucoup à

cette époque et c'était Jeff qui

s'occupait de nous. Ma mère venait

de refaire sa vie avec un pharmacien,

et ce jour-là Ricky était malade. Jeff

est parti lui chercher les médicaments

que le médecin avait prescrits et

quand il est rentré il s'est enfermé dans la salle de bain sans même déposer les médicaments, j'ai trouvé ça étrange. J'ai appelé Jeff pendant de longues minutes mais il ne répondait pas, j'ai ouvert la porte et l'ai trouvé par terre recroquevillé sur lui-même, les bras couverts d'hématomes frais et il saignait. Il m'a d'abord dit qu'il s'était fait tabasser par un groupe d'adolescents mais j'avais bien compris ce qui c'était passé, j'avais vu d'où il saignait. Je suis allée récupérer les médicaments qu'il avait fait tomber, j'avais dû l'enfermer dans la maison pour qu'il ne me suive pas, ria doucement Milla. Mais le soir quand ma mère fut rentrée et que son ami arriva à la maison, Jeff trembla de tout son corps, il s'enferma dans sa chambre et j'ai tout de suite compris. Je l'ai forcé à l'époque à expliquer ce qu'il s'était passé à notre mère et à la police. Ma mère ne lui a jamais pardonné d'avoir fait inculper « l'homme de sa vie ». Depuis ce jour, ma mère haïssait profondément Jeff.

- Votre frère a-t-il eu des tendances à la violence dans son enfance ?

- Jamais, je vous l'ai dit, mon frère est l'homme le plus doux que je connaisse.

- J'ai vu qu'il était allé deux fois en hôpital psychiatrique, vous savez pourquoi ?

- Des séjours de repos, souvent quand il reprenait la drogue. Il était toujours vaillant, toujours là pour nous, mais personne n'est parfait et mon frère est brisé à l'intérieur. Son exutoire c'était le cannabis, alors oui c'est loin d'être bien, ce n'est pas légal, mais ça lui permettait de tenir. Il a essayé d'arrêter deux fois sous la pression de ma mère.

- D'accord, répondit l'inspecteur qui ne croyait pas en la réponse de Milla. Vous lui avez rendu visite pendant ses séjours ?

- Non, il a toujours refusé. Je ne suis jamais allée là-bas, il disait que ce n'était pas un lieu pour moi et que je ne devais pas voir ce qu'il s'y passait.

-       Donc vous ne savez que ce que votre frère vous racontait si je comprends bien.

-       Oui, mais j'ai toujours fait confiance à mon frère, trancha-t-elle.

Sentant que Milla se refermait déjà, il changea de sujet afin de tirer le maximum d'informations. Après tout, il ne s'agissait pas de savoir si son frère était oui ou non coupable de meurtre, cela était acté, mais savoir où il se trouvait à l'heure actuelle et peut être pourquoi il faisait ça.

-       Que connaissiez-vous de la relation qui unissait votre frère et Mlle Thomson ?

-       C'est la seule amie que Jeff avait. Leur relation était assez ambiguë à une époque, je crois qu'ils s'aimaient mais

s'interdisaient l'un comme l'autre de
se l'avouer.

-   Vous pensez que votre frère aurait pu
    tuer Mlle Thomson parce qu'elle l'a
    rejeté ?

-   Cela m'étonnerait, la seule fois où j'ai
    évoqué avec Jeff la possibilité d'une
    relation entre lui et Julie, sa réponse
    était claire : Il ne la méritait pas ou
    plutôt il était persuadé qu'il fallait à
    Julie quelqu'un de plus sûr et fiable
    que lui. Il m'avait dit qu'il préférait
    passer sa vie seul plutôt que de …
    mais Milla ne termina pas sa phrase.

-   Plutôt que quoi ? Insista l'inspecteur

-   Plutôt que de lui faire du mal. Je ne
    comprends pas ce qu'il s'est passé,
    inspecteur. Il a forcément dû être

forcé à faire ça. Ce n'est pas possible

autrement. Il ne peut pas avoir

volontairement voulu faire du mal à

Julie, c'est impossible.

Soudain, un souvenir remonta à la mémoire de

Milla, une phrase que son frère avait dite et qu'elle

n'avait pas compris sur le moment.

- Inspecteur, j'en suis sûre maintenant,

quand nous avons découvert Ricky,

Jeff m'a dit qu'il aurait pu le sauver

mais qu'il n'avait rien fait, et il se

blâmait de nous avoir abandonnés. Il

y a forcément quelque chose là

dessous, s'écria Milla.

- L'enquête préliminaire a conclu à un

suicide de votre frère n'est-ce pas ? Il

est courant que la famille culpabilise

quand un de leur proche se donne la mort. Ecoutez Mlle Stanford, je comprends que c'est difficile d'imaginer que son frère puisse avoir tué quelqu'un volontairement mais nous sommes allés au domicile de votre mère ou vivait Jeff, il n'y avait pas d'autres empreintes que les siennes, son téléphone a été fouillé, il n'y avait pas la trace d'un seul message menaçant pouvant aller dans ce sens. Vous n'avez pas trouvé votre frère bizarre ces derniers temps ?

- Au début après son agression oui, il semblait bizarre mais je pense que ça serait le cas de n'importe qui vient de se faire agresser. Je ne peux pas croire que Jeff ait fait ça volontairement, désolée monsieur l'inspecteur mais pour moi vous faites erreur dans votre cheminement. Mon frère a forcément subi des menaces.

Sentant que Milla resterait sur ses positions et qu'il était désormais impossible pour lui de tirer autre chose de la conversation, l'inspecteur Hype finit l'entretien en la remerciant. Il s'assit à nouveau à son bureau et éplucha à nouveau le dossier. Il avait l'impression que quelque chose lui échappait et il ne comptait pas bâcler ce dossier. S'il pouvait faire en sorte que Milla ne perde pas au moins l'estime qu'elle avait pour son frère alors il le ferait. Il secoua la tête avec vigueur, cesserait-il un jour d'être aussi compatissant ?

Chapitre 25

Jeff marchait désormais depuis plusieurs jours. Ne s'arrêtant que pour dormir par petite pause, il errait sans but. Où pouvait-t-il aller de toute manière ? Et elle ne le lâchait pas, il avait pourtant fait tout ce qu'elle voulait, pourquoi continuait-il à supporter le claquement de ses talons derrière chacun de ses pas.

- Quand est-ce que tout cela va finir ? Tu n'as pas eu ce que tu voulais ? Hurla-t-il contre Jessica. Alors laisse-moi tranquille maintenant !

- Je dois m'assurer que tu ne diras rien à la police.

- Mais pourquoi je parlerais à la police ? J'ai tué Julie pour protéger ma sœur tu me crois donc assez bête pour la

condamner en parlant !

Jeff criait tellement fort que les passants se

retournaient pour connaître l'origine du vacarme

qui avait soudain envahi cette petite rue piétonne

du centre de Grasse. Jessica n'avait pas répondu et

s'était contentée de hocher la tête en acquiesçant.

Jeff sentit ses joues rougir de rage, il n'en pouvait

plus, cela devenait trop dur à encaisser pour lui. Il

avait passé sa vie à se sentir un minable raté. Et

même encore après avoir fait ce qu'on lui avait

demandé, on ne lui faisait pas confiance. On ne lui

avait pourtant pas demandé un petit service ! Il ne

comprenait plus et la colère transpirait de tous ses

pores.

-   Comment osez-vous encore douter de moi ? J'ai fait ce que vous m'aviez demandé, j'ai perdu tous ceux que j'aimais pour protéger Milla, et vous pensez encore que je suis un incapable ?

-   Oui, répondit froidement Jessica.

-   Je ne suis pas un incapable, tu m'entends ? Jamais plus je ne laisserai quelqu'un m'appeler comme ça !

Jeff tournait en rond frappant l'air avec ses bras, donnant des coups de poings dans le vide de rage. Il se tourna vers la fontaine de la place sur laquelle il avait fini par aboutir et posa les mains sur le rebord de cette dernière. Ce qu'il y vit le glaça d'effroi, il avait le visage déformé par la colère, il n'arrivait pas à se reconnaître. Le reflet de l'eau semblait faire fondre sa peau, lui donnant l'aspect d'un monstre.

- Tu es devenu un monstre désormais, mais un monstre d'incapable, ricana Jessica derrière lui.

Jeff tourna les talons et avança vers Jessica, la haine emplissant ses yeux il dirigea ses mains vers le cou de la rousse acariâtre dans la ferme intention de ne plus jamais entendre sa voix. A peine ses mains le saisir qu'un coup violent s'abattit sur l'arrière de son crâne et il s'écroula, inconscient.

Chapitre 26

La douleur était lancinante, son sang battait à l'arrière de son crâne lui donnant l'impression que son cœur tout entier avait élu domicile là-bas. Son cœur... en avait-il encore un seulement ? Il voulut caresser sa plaie pour apaiser la douleur mais ses mains étaient entravées par des menottes. Il se rassura en remarquant qu'il était encore capable de ressentir quelque chose au moins, certes c'était de la douleur mais cela changeait de cette rage incessante qui embourbait sa conscience. Il ouvrit les yeux et la lumière lui transperça la rétine. S'il n'avait pas la moindre idée de comment son crâne s'était transformé en punching-ball, il n'avait aucun doute sur les raisons qui poussaient un policier à monter la garde devant sa chambre. La traque était finie, la chasse aux sorcières venait de prendre fin, le monstre pouvait désormais être crucifié sur la place publique.

- Monstre.. Bredouilla-t-il

- Vous voilà de retour parmi nous.

Un homme gigantesque s'approcha de Jeff, son ombre apaisa la brûlure oculaire que le soleil provoquait et il distingua les traits fins d'un homme assez jeune. Il le fixa de longues secondes avant que ce dernier ne rompe le silence :

- Inspecteur Hyde. Je suis en charge de cette enquête, vous n'avez pas été facile à trouver Mr Stanford.

- Qu'est ce qui s'est passé ?

- Vous avez semé la zizanie dans le centre Grasse ce matin, vous vous en êtes pris à une commerçante du quartier et un riverain vous a

182

neutralisé en vous frappant avec la

chaise d'un restaurant de la place.

- J'ai agressé une commerçante, répéta-

t-il dubitatif. Mais pourquoi ?

- Quelle est la dernière chose dont vous

vous souvenez ?

- Mon visage dans la fontaine, il coulait,

comme de la cire, je voyais le monstre

que je suis devenu et elle n'arrêtait

pas de me rabaisser encore et encore,

fallait que je la fasse taire...

- Qui ça « elle » ? La commerçante ?

- Non Jessica, elle …

Puis Jeff s'interrompit brusquement. Il était en

train de lui donner raison, il était en train de

mettre à nouveau en danger sa sœur. Il s'insurgea

et commença à s'insulter sur le regard stupéfait de
Hyde.

- Qui est Jessica, Monsieur Stanford ?
Reprit l'inspecteur qui sentait qu'il
tenait là la clé du mystère qui plane
autour de cette enquête.

- Personne, personne ! Je ne dirai plus
rien, jetez-moi en prison, tuez-moi si
vous voulez je ne dirai plus rien.

Jeff s'agitait de plus en plus, tirant sur les liens
d'acier qui le retenaient au lit. Mais pouvait-il
vraiment s'échapper ? Et si oui, pour aller où ? Il
se laissa retomber lourdement sur le lit, il n'avait
jamais eu l'intention de jouer et pourtant il avait
l'impression d'avoir perdu.

- Jeff, reprit l'inspecteur avec une voix apaisante, j'ai discuté avec Milla, et elle a réussi à me convaincre que vous n'êtes pas quelqu'un de mauvais. Elle est persuadée qu'on vous a demandé de tuer Mlle Thomson. Je suis loin de donner tort à votre sœur, donc on va passer un accord, je sais à quel point vous tenez à votre sœur et je vous promets de la mettre en sécurité et que personne ne lui fera quoi que ce soit. Mais il faut que vous me promettiez de tout me raconter, sinon je ne pourrai rien faire pour aider Milla.

- Comment voulez-vous que je vous fasse confiance, je ne vous connais pas.

-	Réfléchissez deux minutes, vous êtes allongé, menotté et à l'heure actuelle ceux qui vous font chanter doivent déjà savoir que vous avez été arrêté, il ne faudrait peut-être pas trop tarder à mettre votre sœur en sécurité, vous ne pensez pas ?

L'inspecteur avait touché un point sensible, impossible pour Jeff de venir en aide à sa sœur de là où il était et il était clair qu'il ne ferait jamais confiance à Jessica lorsqu'elle disait ne pas toucher à sa sœur tant qu'il ne parlerait pas. Il acquiesça d'un mouvement de tête à la proposition de l'inspecteur. Ce dernier passa un coup de fil devant Jeff pour lui prouver sa bonne foi, demandant qu'une patrouille aille chercher sa sœur et la ramène au poste pour la protéger.

-   Tant que tous les coupables ne seront
    pas mis sous écrous, votre sœur
    restera sous notre protection, une
    patrouille sera postée devant chez
    elle.

-   Merci.

-   Expliquez-moi maintenant, j'ai tenu
    ma parole, à vous.

-   Je ne connais pas son nom de famille,
    elle s'appelle Jessica et c'est une
    tueuse à gages. Lors de la soirée que
    j'ai passée avec mes collègues, Julie a
    pris des photos qu'elle n'aurait pas dû
    prendre, j'ai entendu des gens dans la
    boite dirent qu'ils allaient la retrouver
    et lui faire du mal. J'ai sorti à toute
    vitesse Julie de la boite et lui ai
    ordonné de rentrer chez elle et

d'effacer les photos, mais elle ne m'a

pas écouté.

- Comment le savez-vous ?

- C'est Jessica qui me l'a dit, et Julie n'a

pas nié quand je lui en ai parlé.

- D'accord, que s'est-il passait ensuite ?

- Ils m'ont tendu un piège, je ne sais pas

qui ils sont exactement, mais un

homme était en train d'agresser une

femme à la sortie de la boite, je n'ai

pas pu m'empêcher d'intervenir pour

venir en aide à la femme, et c'était

elle. C'était Jessica. C'était une mise

en scène, j'en suis certain. L'homme

m'a tabassé et ils en ont profité pour

prendre mon portefeuille. A partir de

ce moment-là, ils avaient toutes les

informations dont ils avaient besoin sur moi.

- Pour faire quoi ?

- Pour que je tue Julie. Elle avait contrarié des personnes haut placés, et je devais la tuer.

- Pourquoi vous ?

- Parce que d'après eux, j'avais le parfait mobile : on penserait que j'aimais Julie.

- Qu'est ce qui peut me prouver que vous n'avez justement pas tué Julie parce que vous l'aimiez et qu'elle vous avait rejeté ? Elle allait se marier, vous avez peut-être eu du mal à l'accepter.

- Justement, j'adorais Julie. Et pour ça je ne voulais que son bonheur, et surtout pas l'entraîner dans ma vie désastreuse. Regardez-moi, un pauvre type plein d'angoisses et de démons du passé qui viennent le hanter toutes les nuits.

- Pourquoi l'avoir tuée alors ?

- Parce que j'avais pas le choix... Elle ne m'a pas laissé le choix. J'espérais faire un compromis avec elle, trouver une solution, et sauver tout le monde mais elle m'a trahi et mon frère en est mort. Je ne pouvais pas me permettre de mettre ma sœur en danger à cause d'elle.

- L'enquête a démontré que votre frère s'était suicidé Jeff.

- Foutaise ! Vous croyez vraiment qu'avec les moyens qu'ils ont, ils ne pouvaient pas maquiller un meurtre ?

Je suis sûr qu'ils nous écoutent en ce moment même. Ils sont partout.

Jeff regardait autour de lui, inquiet. Soudain un claquement régulier et familier raisonna dans le couloir. Il sentit une vague d'angoisse l'envahir.

- Elle arrive, s'agita-t-il !

- Qui ça Jeff ?

- Jessica, faites attention elle est capable de vous tuer ! cria Jeff au moment où l'on toqua à la porte.

L'inspecteur porta la main à son arme, prêt à dégainer à chaque instant. Il entendit la voix du gardien positionné devant la chambre qui rigolait avec l'arrivante et vit entrer sa jeune stagiaire qu'il avait totalement oubliée depuis le début de l'enquête.

Jeff se mit à hurler et à se débattre.

- Mais qu'est ce vous attendez, arrêtez-la ! Vous m'avez promis de protéger ma sœur, qu'est-ce que vous attendez ! Hurla Jeff à pleins poumons.

- Ce n'est pas Jessica, Jeff, calmez-vous. Il s'agit de ma stagiaire, Caroline.

- Je vous dis que c'est elle, regardez ses . cheveux rouges et son sourire de psychopathe, ne vous laissez pas avoir inspecteur ! Elle va tous nous tuer ! Au secours !

Jeff se débattait de toutes ses forces, faisant trembler les barrières sur lesquelles il était attaché. Hype resta quelques instants interloqué et sortit avec Caroline dans le couloir. Alors que les cris de Jeff déchiraient le silence du service, il ne put que se résoudre à la vérité qu'il avait niée depuis le début de l'enquête.

-       Monsieur l'inspecteur je ne comprends pas, je n'ai jamais vu cet homme de toute ma vie, chuchota Caroline

-       A part si vous portez une perruque blonde et que vous avez un sacré CV de tueuse à gages, en effet on est loin de la Jessica que je cherche, ou plutôt que je cherchais. Appelez pour moi un expert psychiatre, je vais faire débloquer le dossier médical de Mr Stanford. Il est temps que nous connaissions enfin la vérité.

Chapitre 27

- Mlle Stanford ? Allô ?

- Oui, je vous écoute inspecteur, répondit fébrilement Milla.

- Je viens vous donner des nouvelles, je n'ai pas vraiment le droit d'un point de vue légal, mais je tenais quand même à vous expliquer où en était l'enquête.

- Je vous écoute.

- Suite aux déclarations de votre frère à l'hôpital, un expert psychiatre a été mandaté pour expertiser votre frère. Il est passé ce matin et j'ai aussi demandé l'accès à son dossier médical. Les deux concordent, votre frère serait atteint d'une

schizophrénie, ne me demandez pas
de quelle forme je ne pourrais pas
vous répondre avec exactitude.

- Mon frère est malade ? Mais pourquoi
je ne l'ai jamais su ?

- Ses séjours à l'hôpital n'étaient pas des
séjours de repos, votre frère avait des
bouffées délirantes aiguës, votre mère
a demandé à chaque fois son
hospitalisation d'office. D'après
l'expert, c'est l'agression que votre
frère a subie à la sortie de la boite,
couplée à la consommation régulière
de drogue qui aurait provoqué cette
crise délirante et toute la tragédie qui
s'ensuivit. Je pense que c'est pour ça
que votre mère tenait tellement à ce

que Jeff arrête de consommer de la drogue. Elle connaissait sa fragilité.

- J'ai du mal à tout saisir, vous dites que c'est la crise délirante qui a provoqué la mort de Julie, bredouilla Milla sans comprendre.

- Pour faire simple, il se croyait traqué par une tueuse à gages qui menaçait votre frère et vous s'il ne tuait pas Mlle Thomson. La mort de votre frère n'a été qu'un malheureux hasard qui a fini d'ancrer le délire de Jeff. Il...

- Il a voulu me protéger, coupa Milla. Il pensait me protéger en tuant Julie.

- Oui, souffla l'inspecteur. Je sais que cela ne vous réconfortera pas, mais vous aviez raison, votre frère n'aurait jamais fait de mal à Mlle Thomson s'il

n'avait pas eu cette impression de ne
pas avoir le choix de le faire.

- Que va-t-il devenir maintenant ?
Demanda-t-elle la gorge nouée par les
sanglots.

- Il va être placé en hospitalisation sous
contrainte. Vu la gravité du passage à
l'acte, il va certainement être transféré
à l'unité de soins intensifs
psychiatriques de Nice ou dans une
unité pour malades difficiles.

- Vous pensez qu'il va y rester
longtemps, et qu'une fois guéri il
devra partir en prison ?

- Il va certainement être jugé
irresponsable de ses actes, il n'ira pas
en prison. Concernant la durée de

son séjour, cela prendra du temps

pour pouvoir le stabiliser vous savez.

- D'accord. Merci d'avoir pris le risque

de me donner ces informations

inspecteur.

- Je vous en prie, et appelez-moi

Michaël. Avant de quitter votre frère

je lui ai promis de prendre soin de

vous. Alors si jamais vous avez

besoin de quoi que ce soit, n'hésitez

pas.

Milla remercia poliment l'inspecteur et Hype mit

fin à la conversation. Il regarda avec attention la

pile de papiers qu'il avait sur son bureau. Il avait

toujours eu du mal à croire aux troubles

psychiatriques. Pour lui, c'étaient le plus souvent

des gens qui se faisaient passer pour fous afin

d'échapper à la prison. Mais là, il l'avait vu. Il avait vu la peur dans le regard de Jeff, il avait vu l'état dans lequel il avait été retrouvé après plusieurs jours d'errance, portant encore les vêtements tachés de sang sur lui. Il avait ressenti son angoisse quand Caroline avait tapé à la porte de sa chambre, une angoisse tellement palpable et réelle qu'il avait failli dégainer son arme pour se protéger d'une menace invisible. Il avait construit un délire tellement bien ficelé qu'il y avait cru. Pendant quelques secondes il essaya de s'imaginer l'horreur qu'avait dû vivre Jeff ces derniers jours. Bien sûr il n'oubliait pas que la victime de ce délire se trouvait à l'heure qu'il est à la morgue, mais il se demanda s'il n'était pas possible d'envisager qu'il soit lui aussi, une victime. Victime de son propre cerveau, victime d'une réalité que lui seul ne connaissait avec ses horreurs et ses monstres.

Hype remit de l'ordre dans ses papiers, ferma le

dossier et sortit de son bureau toujours perdu

dans ses pensées. Il savait que certaines affaires

marquent plus les esprits que d'autres, il s'attendait

à être chamboulé par des affaires de mort

d'enfants ou de tuerie profondément macabre,

mais cette enquête le marquera tout autant.

Chapitre 28

Sept ans plus tard...

- Jeff, s'écria Milla, lui faisant signe de la main en arrivant sur le parking

Il écrasa sa cigarette dans le cendrier et avança doucement à sa rencontre. Il la saisit dans ses bras avec vigueur, c'était sa bouffée d'oxygène. Au cours de ces sept longues années, jamais elle n'avait raté une visite. Une fois sortie de l'USIP, il avait rejoint un service de psychiatrie standard. Un long parcours avait débuté pour lui, rempli de vagues, d'aller-retour de secteur fermé lorsqu'il entrait en crise, à un secteur plus ouvert. Ce sentiment d'échec à chaque fois qu'il devait retourner en secteur et se vêtir à nouveau de ce pyjama bleu informe qui happait avec lui toute forme de dignité, et au contraire ce sentiment de victoire quand on lui accordait à nouveau ses vêtements. Mais depuis deux années maintenant il était stabilisé, il savait quand demander un « si besoin » et le prendre lorsqu'il sentait que sa réalité commençait à nouveau à lui faire défaut. Il n'avait plus eu de grosses crises et était devenu compliant aux traitements. Le plus dur avait en fait été d'admettre que tout ce qu'il avait vécu n'était pas réel. Enfin si, la mort de Julie était bien réelle et hantait encore ses nuits. Il savait qu'il pouvait compter sur l'équipe d'infirmiers pour le soutenir, ils avaient toujours été bienveillants envers lui. Ils avaient même pris le pas de le réintégrer tout doucement à la vie réelle. Aller se balader à l'extérieur de l'hôpital avait à la fois été libérateur

202

mais lui renvoyer inexorablement les raisons de son hospitalisation.

- Jeff, il faut que je te dise quelque chose

- Qu'est ce qui se passe Milla, tu sembles contrariée.

- Michaël a été muté à Lyon, il part à la fin du mois, et il veut que je vienne avec lui.

Jeff avait appris après deux ans d'hospitalisation que l'inspecteur avait pris à cœur sa demande de protection concernant Milla. Elle avait eu beaucoup de mal à lui annoncer, redoutant sa réaction qui avait été beaucoup plus calme que ce qu'elle pensait. Il était, en fait, plutôt rassuré de savoir que sa sœur avait fini par trouver le bonheur. Lorsque Michaël était venu la première fois lui rendre visite avec Milla, l'ambiance avait été de prime abord très étrange mais finalement cela avait fini par s'apaiser.

- Et quel est le problème, c'est plutôt une bonne nouvelle, non ? S'étonna Jeff

- Qui s'occupera de toi, si je pars. Je ne pourrai plus te rendre visite aussi souvent, et le jour où tu sortiras, tu seras tout seul.

- Milla, arrête de t'inquiéter pour moi, il est temps que tu penses à toi. Tu dois construire ta vie.

- Mais tu fais aussi partie de ma vie, Jeff. T'as toujours été là pour moi, c'est pour moi que tu t'es retrouvé là...

- Milla, arrête. Mes choix ne regardent que moi. Je refuse d'être le boulet que tu traînes, si tu veux me faire plaisir, ne viens plus me voir. Commence à vivre ta vie, et s'il te plait, sois heureuse.

Jeff avait martelé sa phrase de manière à ce qu'elle ait le plus d'impact possible sur sa sœur.

- Sache que je suis sérieux, Milla. Si tu te sacrifies pour moi, alors je demanderai aux soignants de t'interdire les visites. Je ne veux pas que tu viennes parce que tu te sens redevable de quelque chose que tu n'as jamais demandée.

- Jeff...

Mais Jeff se leva, les poings serrés il prit la direction de sa chambre sans se retourner. Il savait qu'il était dur avec Milla, mais c'était pour son bien. L'idée de ne plus voir sa sœur lui déchirait le cœur, mais il lui avait causé assez de malheur et de souffrance ces dernières années, elle avait encore la possibilité d'être heureuse, elle devait saisir l'occasion. Arrivé dans sa chambre il se dirigea vers sa salle de bains et se mouilla le visage pour essayer de noyer les larmes qui commençaient à l'inonder.

Lorsqu'il redressa la tête, il vit Jessica derrière lui. Elle ne disait rien, mais sa présence suffisait à faire comprendre à Jeff qu'il venait de faire le bon choix. Jamais il ne pourrait être heureux, il fallait que sa sœur le soit. Il s'apprêtait à invectiver cette présence dérangeante qu'il savait issue de son cerveau quand une infirmière toqua à la porte de

sa chambre, lui signifiant que son médecin

souhaitait le voir.

Chapitre 29

- Bonjour Jeff, comment vas-tu ?

Demanda le Dr Teddyor qui avait

perdu au fil des années le

vouvoiement avec son patient.

- Je vais bien, répondit rapidement Jeff

- Les permissions se passent bien m'ont

dit les infirmiers. Ça fait quand même

un moment que tu sors, tu passes

plusieurs jours dehors de manière

régulière, comment tu te sens à

l'extérieur ?

- Plutôt bien. J'arrive à reprendre mes

repères dans la maison de ma mère.

Milla m'a proposé de faire louer la

partie qu'elle habitait. Je pense que ça

peut être une bonne idée, comme ça

la maison me semblera moins vide et ça rassurera Milla de savoir que je ne serai pas seul quand je sortirai. Par la même occasion ça lui permettra d'avoir de l'argent supplémentaire qui rentre tous les mois. Du coup elle a contacté plusieurs agences et elle vient de me dire qu'elle avait possiblement trouvé un locataire, mentit Jeff.

- Très bien, je vais être honnête avec toi Jeff. Tu es stable depuis plusieurs années, les sorties se passent bien, tu dis ne plus avoir d'hallucinations, tu ne soliloques plus et tu es capable de sentir quand tu as besoin de traitement supplémentaire … pour moi il n'y'a plus de raison clinique à ton hospitalisation, c'est pourquoi en

début de semaine j'ai argumenté en ta

faveur pour lever l'hospitalisation

obligatoire et cela a été accordé.

- Ce qui veut dire que je pourrai sortir ?

- Je pense qu'il serait préférable

d'attendre la fin du mois, et on refait

le point, si c'est bon pour toi alors

oui, tu pourras sortir.

- D'accord, répondit-il.

L'entretien se poursuivit pendant quelques

longues minutes. Lorsqu'il sortit de l'entretien, il

était exténué. Il était toujours difficile pour Jeff de

contrôler ses paroles et ses gestes. Depuis ces

années passaient ici, il savait ce qu'il valait mieux

ne pas montrer au psychiatre si on avait envie de

sortir un jour. Certains patients l'avaient mis en

210

garde sur le fait de garder pour lui les apparitions de Jessica, ou ses sarcasmes qu'il entendait souvent la nuit. Il lui arrivait pourtant souvent d'ignorer ces conseils, payant les conséquences de son honnêteté. Il n'avait pas forcément envie de mentir aux soignants, mais plutôt pris l'habitude de vivre avec. Une partie de lui souhaitait les faire totalement disparaître pour ne plus avoir à souffrir, une autre pensait qu'il n'avait pas le droit de demander ça, qu'il fallait qu'il se souvienne toujours de ce qu'il avait fait, pour ne plus jamais faire de mal à quelqu'un. La psychologue et les infirmiers avaient souvent demandé comment il gérait la culpabilité. Pouvait-il seulement la gérer ? Comment accepter le fait d'avoir tué quelqu'un ? Il devrait vivre tous les jours avec cette idée. N'était-ce pas là sa prison ? Dans sa chambre il épluchait les photos que sa sœur lui avait ramenées à sa demande. Le visage de Ricky vient assombrir un peu plus son moral. Il se sentait toujours coupable, non pas de son meurtre mais de son suicide. Il aurait dû être là, il l'aurait vu, lui, qu'il n'allait pas bien. Il continua de faire défiler les photos puis son échine se glaça. « Julie » dit-il dans un soupir d'effroi. Sa main saisissait fermement la photo qui semblait danser au fil des tremblements de Jeff. Qu'est-ce que la photo faisait là ? Il connaissait parfaitement sa sœur et elle lui avait si souvent répété de tourner la page, d'accepter ce qu'il avait fait et d'avancer qu'elle n'aurait pas pu glisser une photo d'elle dans le paquet. Il examina la photo qu'il ne reconnaissait pas, puis la retourna. Lorsque ses yeux se posèrent sur l'envers de cette dernière, il la lâcha dans un cri d'effroi. « N'oublie jamais » était écrit au marqueur sur le dos de la photo.

Il saisit son visage entre les mains et tourna en rond dans sa chambre « C'est faux, cette photo n'existe pas, elle n'existe pas » Il se répéta ainsi la phrase pendant de longues minutes essayant de convaincre son esprit que ce n'était qu'une hallucination de plus. Les ricanements lointains de Jessica vinrent à nouveau frapper à la porte de son discernement le faisant progressivement se noyer dans un océan d'angoisse. Il sortit de sa chambre en trombe bousculant une infirmière au passage, s'excusant il fondit sur la porte. Il lui fallait de l'air. Il sortit une cigarette de manière machinale, l'alluma, inspira si fort que la douleur dans ses poumons le calma. Il s'assit sur le banc vide qui surplombait le parking où il avait menacé sa sœur d'interdire ses visites si elle ne décidait pas enfin de vivre pour elle-même. Le regard dans le vague, il ne vit pas arriver l'infirmière.

- Jeff ? Questionna Béatrice

Il ne répondit pas à la première stimulation, elle réitéra son interpellation.

- Jeff ? Tout va bien ?
- Oh, oui, pardon Béatrice je ne vous avez pas entendue.
- Qu'est ce qui se passe Jeff ? Et ne me dites pas qu'il n'y a rien, je vous connais depuis sept ans, vous ne pouvez plus me mentir, invectiva l'infirmière.
- Je … je crois que je vais prendre un traitement « si besoin ».

-   D'accord, c'est votre possible sortie qui vous angoisse ?

-   Je... oui, c'est ça. C'est encore un peu irréel j'ai certainement du mal à réaliser et ça m'a provoqué une montée d'angoisse, mentit Jeff.

Béatrice se leva et alla chercher le traitement que Jeff lui avait demandé. Il n'était pas très à l'aise à l'idée de mentir encore une fois à un soignant aujourd'hui, mais il savait que s'il ne voulait pas repartir une nouvelle fois de zéro il n'avait pas le choix. Après tout, cela rassurerait Milla de savoir son frère sorti de l'hôpital et elle accepterait enfin de vivre sa vie. Lorsque la blouse blanche de Béatrice s'avança vers lui, il en profita pour s'excuser encore de l'avoir bousculée et prit son traitement. Il lui demanda un dernier service, et elle composa pour lui le numéro de sa sœur. Il l'avertit de sa sortie prochaine et sentit sa sœur s'extasier de joie. « Tout va enfin redevenir normal » s'écria-t-elle. Pour Jeff, la normalité n'était plus qu'une notion vague dont il avait un jour entendu parler, sans plus y croire un instant aujourd'hui.

Chapitre 30

Le soir, Jeff était toujours aussi pensif. Qu'est ce qui l'attendait dehors ? Qu'allait être sa vie, désormais ? Il avança vers le chariot de médicaments, le regard plongé vers le reflet du réfectoire qu'offrait l'énorme hublot. Il y voyait les patients discuter entre eux. Certains portaient encore l'affreux pyjama bleu, cet habit déshumanisant et pourtant nécessaire à leur prise en charge lors des crises, du moins c'est ce que répétaient inlassablement les infirmiers. La première fois qu'il avait dû le mettre, il s'était senti dépouillé, il était vidé de son identité, vidé de ses pensées. Les médicaments avaient aidé à cet état. Il s'avança vers sa place habituelle. Au bout de sept ans, il avait ses petites habitudes. A tel point que les infirmiers lui posaient le plateau d'avance.

Pierre fit son entrée dans le réfectoire, lui aussi avait ses petites habitudes, lui aussi avait son plateau posé en avance. Il tituba, tenant d'une main son pantalon qui descendait sous ses fesses, laissant apercevoir les cicatrices d'années d'injection. « Taisez-vous ! Je n'entends pas la radio ! » cria-t-il. Les infirmiers le recadrèrent gentiment. Une jeune stagiaire demanda à son aînée pourquoi Pierre tenait autant à sa radio, qui résonnait jour et nuit dans sa chambre. « Le bruit de la radio couvre les voix qu'il entend, ça l'apaise » répondit-elle. On pouvait clairement sentir de la tendresse dans ses propos. Une affection particulière à ce patient qui était là depuis plus de 15 ans… depuis toujours, s'amusaient à dire d'autres patients. Jeff regardait dans le reflet l'agitation de cet homme, à la fois stupéfiant et à la fois terrifiant. Il était l'incarnation de la peur de tout patient qui franchissait un jour les portes des services de psychiatrie. L'image réel de leur angoisse : "Vais-je en sortir un jour ?"

- Alors ! Il parait que tu vas partir ? Ça y est, tu retrouves enfin la liberté ? L'interpella un de ces compagnons de galère.

- Oui, répondit Jeff, esquissant un sourire forcé.

- Les paris sont ouverts alors ! Dans combien de temps tu reviens ? Moqua un autre patient à sa table.

- J'lui donne 3 mois, répondit un

- Il tiendra à peine une semaine, répondit l'autre

- Et pourquoi, il devrait revenir ? questionna innocemment un jeune patient, nouveau dans le service.

- Parce qu'ils reviennent toujours ! Regarde c'est son 3ème ou 4ème passage ici ! La psy, tu sais, ça ne te quitte plus jamais une fois que t'as mis l'pied dedans. Puis surtout au bout de sept ans… rétorqua le lanceur de pari.

- Wow, sept ans, mais tu dois être grave cinglé pour être encore là, ricana le jeune patient

Jeff se leva de table sans dire un mot, prit son plateau et s'éloigna avec hâte du réfectoire, il avait besoin d'air. Il entendit juste avant de sortir le parieur répondre au jeune patient "Paraît qu'il a tué quelqu'un". Il se dirigea vers le patio, alluma une cigarette et alla s'installer dans un coin reculé de ce dernier. Le goût amer de la cigarette lui brûla la trachée tellement il avait tiré avec force. A ce moment-là, il ressentit le manque, sa dose d'anxiolytique titillait sa mémoire. Il avait beau avoir sept ans d'abstinence derrière lui, il sentait que ce soir, plus que jamais, il en avait besoin. Il avait besoin de se sentir plus zen, de détendre la boule de nerfs et de muscles qu'il était devenu. "Rien qu'une fois se dit-il, une seule fois, ça ne peut pas me faire autant de mal ?" Comme s'il avait lu dans ses pensées, le jeune venait de sortir du réfectoire. Il s'approcha de Jeff.

- Désolé pour ce qui s'est passé, j'veux dire, au repas… bégaya-t-il

- Le sois pas, j'ai l'habitude d'être la bête de foire, siffla-t-il. J'avais juste besoin de me détendre.

- Si tu veux, j'ai un truc pour te détendre. Les infirmières ont pas tout fouillé, j'ai encore deux trois doses sur moi, mais tu

le gardes pour toi hein !

Il fouilla dans sa poche, et en sortit un morceau de

mouchoir qu'il tendit à Jeff. Sans réfléchir, il saisit

le graal que lui proposait son nouvel ami.

Mécaniquement il s'attela à une tâche qu'il n'avait

plus fait depuis une éternité.

Chapitre 31

- Alors c'est le grand jour ? sourit Béatrice.

- Apparemment, répondit Jeff, sur un ton

faussement léger.

Il était concentré sur le bouclage de sa valise, sept

années d'une vie qui tenaient dans une unique

valise. Il fit le tour à plusieurs reprises de sa

chambre. Il avait déjà distribué à certains de ses

compagnons de galère des objets de première

nécessité dont ils avaient plus besoin que lui.

L'infirmière lui tendit l'ordonnance de sortie.

- Comment tu te sens ? reprit-elle

- Bien, ça va, dit Jeff, fermant ainsi la

conversation.

Il vit l'infirmière faire une moue dubitative et sortir de sa chambre. Ses mains tremblaient, il savait qu'il ne l'avait pas dupée. Des yeux perçants glacèrent son échine, il savait qu'elle était là. Chaque jour il sentait son regard le poignarder. Jessica ne disait rien, se contentant de fixer Jeff d'un air moqueur.

Il sortit dans le couloir pour échapper à son étau, les jambes chancelantes il avançait tel un robot téléguidé vers le poste infirmier.

- Dr Teddyor vous êtes sûre que Jeff est prêt ?

- On ne peut jamais vraiment le savoir Béatrice, répondit le médecin sans lever les yeux de ses prescriptions.

- Oui mais là on parle de Jeff. On parle d'un patient qui a commis deux meurtres quand même. Être sûre qu'il est prêt est préférable plutôt que de le mettre en échec, renchérit Béatrice.

-   Il l'est assez pour qu'on essaye. Au pire ce soir il est aux urgences, c'est moi de garde, je le fais à nouveau hospitaliser, dit d'un ton neutre le psychiatre qui n'avait toujours pas levé les yeux de son écran, absorbée par ce nouveau logiciel bien trop complexe à ses yeux.
-   J'espère juste qu'il n'aura pas fait de victime d'ici là, finit sèchement Béatrice.

Jeff eut le souffle coupé mais encaissa ces propos. Il toqua à la porte pour rendre la clé du placard de la chambre 104, sans un mot. Il marcha vers le parking, aidant Mariane à atteindre le patio avec sa chaise roulante. Elle le remercia grandement et lui donna une accolade pour son départ. Sur le banc à côté du réfectoire le jeune l'attendait avec plusieurs autres patients, tous rassemblés pour lui.

-   Tu vas nous manquer ici, l'ami. Mais reviens pas trop vite s'il te plait, laisse-nous un espoir de pas finir comme Pierre, s'exprima le jeune, le sourire aux lèvres mais la tristesse dans son regard.

Les autres patients éclatèrent d'un rire teinté d'angoisse et d'amertume. Jeff sera des mains, des corps fébriles, embrassa des joues mouillées de larmes. Alors qu'il s'en allait vers l'arrêt de bus, le jeune l'interpella.

-   Tiens, prend ça. Profites-en c'est ma dernière ! Tu te la feras ce soir quand tu seras posé chez toi, dans ta nouvelle vie, s'exclama-t-il avec enthousiaste.

Jeff récupéra le petit morceau de mouchoir et s'empressa de le mettre dans sa poche pour qu'aucun soignant ne le voit. Il remercia timidement le jeune, et sortit de l'enceinte de l'hôpital.

Le chemin vers sa maison ne lui avait jamais paru aussi long, peut être le fait de savoir que ce dernier était sans retour. Il arriva sur le parvis de la maison, l'angoisse faisait battre son cœur à tout rompre, il se sentait chavirer. Les regards des passant semblaient le fixer, il s'engouffra à toute allure. Arrivé à l'intérieur, il posa sa valise et s'engouffra dans la cuisine pour boire un verre d'eau. Alors qu'il se tenait au plan de travail pour ne pas chanceler il se rendit compte qu'il se trouvait exactement à l'emplacement où le crâne de sa mère avait heurté mortellement ce dernier. Il lâcha le verre et recula avec vigueur, faisant

tomber la chaise de la table de cuisine. Les images

défilaient à une allure folle sous ses yeux.

"Un si besoin, j'dois prendre un si besoin" répéta-

t-il. Il sortit son ordonnance et se rendit à la

pharmacie.

Il sentait des milliers de regards braqués sur lui,

comme si chaque passant savait ce qu'il avait fait.

Chaque personne qu'il croisait lui murmurait

"assassin" "meurtrier" puis vinrent les insultes. Il

se figea sur place quand il entendit les talons

claquer sur le trottoir. Jessica le suivait de près,

angoissante, terrifiante.

-   Alors le minable, on y arrive pas sans les

    cachets hein ? chantonna Jessica

Sa voix glaça l'atmosphère. Prenant son courage à deux mains, il arriva à la pharmacie et tendit l'ordonnance, demanda un verre d'eau et prit le « si besoin » immédiatement. Il resta ainsi prostré dans la pharmacie jusqu'à ce que les effets se fassent ressentir. Sentant qu'il ne pouvait retourner à la maison, il prit le bus en direction de la mer.

Chapitre 32

Il avait toujours aimé ce paysage. Les roches
rougeoyantes volcaniques de l'Esterel venaient se
jeter dans le bleu de la Méditerranée. Le bruit des
vagues qui s'écrasaient contre les galets était si
apaisant à ses oreilles. Il lui rappelait le tambour
océan que lui avait fait découvrir Edith en atelier
musique. C'était pour lui la plus douce des
mélodies. Le ciel bleu sans nuage réchauffait
l'atmosphère. Les mouettes volaient au-dessus de
lui, effectuant un ballet incessant dont elles seules
semblaient connaître la chorégraphie millimétrée.
Le léger mistral qui soufflait venait compléter ce
tableau parfait, agitant les arbres du massif. Jeff
retrouva son calme et repensa à tout ce qui s'était
passé. Les années en tant que patient, son avenir
incertain, cette nouvelle crise qui venait de

l'assaillir. C'était donc ça, le prix de la liberté ?
Vivre chaque jour dans la peur de l'autre, mais
surtout la peur de soi ? Chaque jour il devrait donc
survivre dans un environnement hostile que son
propre cerveau façonnait pour lui ? Chaque jour il
devrait vivre dans cette prison invisible sans porte
ni mur ?

Jeff secoua la tête et posa les mains de chaque côté
de son visage. Il écouta le fracas des vagues et
décida d'appeler sa sœur.

- Allo, Jeff alors ? Comment tu vas ? C'est
  la mer que j'entends derrière toi ? Génial
  tu es sorti c'est ça ! s'exclama Milla avec
  tant d'entrain qu'elle ne laissa pas le temps
  à Jeff de répondre.

- Oui, ça y est je suis officiellement sorti,
  répondit Jeff avec le maximum d'entrain,

espérant mieux berner sa sœur que
Béatrice le matin même.

- Super ! Et..

- Comment tu vas toi, raconte-moi un peu
ta nouvelle vie, coupa Jeff. Lyon te plaît ?

- Jeff, justement, j'voulais te dire quelque
chose la dernière fois mais tu ne m'en as
pas laissé le temps. J'aurais aimé te le dire
de vive voix mais je ne vais pas pouvoir
descendre tout de suite dans le Sud… Tu
vas être tonton, Jeff.

Milla éclata en sanglots, de soulagement et
d'angoisse mêlés.

- Pourquoi tu pleures Milla, c'est une super
nouvelle. Je suis extrêmement fier de toi,
tu vas être une super maman, s'exclama

Jeff avec une joie non feinte, la première depuis plusieurs mois.

- Je ne savais pas comment te l'annoncer, j'ai peur Jeff. J'ai peur d'échouer, d'être comme maman, j'ai peur de faire les mauvais choix.

- Jamais ! J'ai confiance en toi, tu as toujours fait les bons choix, tu es une femme forte et courageuse Milla. Vraiment, ne doute pas de toi. Cet enfant a déjà beaucoup de chance de t'avoir.

- Mais, et toi ? Qui va s'occuper de toi ? Je ne pourrai encore moins venir dans le Sud, avec la grossesse. Mon médecin m'a dit de pas faire trop d'aller-retour au dernier trimestre et…

- Je m'occupe de moi, coupa Jeff.

Milla éclata en sanglots, Jeff sentit alors la douleur de sa sœur. La souffrance d'être prise entre ses anciennes et ses nouvelles obligations. Plus que jamais il sentit le poids qu'il représentait pour elle. Plus que jamais il sentit la lourdeur du sacrifice qu'il représentait dans sa vie. Il inspira lentement, regarda la mer pendant que le silence s'installait, entrecoupé des sanglots de la future maman.

-       Milla, écoute-moi. Je sais que tu as toujours été là pour moi, comme je l'ai toujours été pour toi. Je crois que parfois, aimer quelqu'un c'est aussi accepter qu'il ne soit plus autant là dans sa vie. A l'heure actuelle, la meilleure chose que tu puisses faire pour moi, c'est prendre soin de toi et de ce petit être qui grandit en toi. Tu as réglé ta dette, tu n'es responsable de rien. Sois la digne représentante de ce qui reste de notre famille. Sois forte, lève la tête. Apprends à ton enfant à vivre normalement, apprends-lui que toutes les prisons ont des clés, et qu'il les aura en lui. Tu es une belle personne, ne te sens surtout jamais coupable de ce qui est arrivé à notre famille, tu es l'unique chose de bien qui en est ressorti. Je sais que mes propos te semblent incohérents, mais je n'ai jamais été doué pour les discours. J'aimerais juste que tu réalises à quel point j'ai été chanceux de t'avoir à mes côtés chaque jour. Dis à Michaël qu'il veille sur toi, comme j'ai veillé sur toi. Qu'il te regarde dormir en se sentant privilégié d'avoir quelqu'un d'aussi merveilleux à ses côtés. Dis-lui d'être un bon père…

Il laissa quelques secondes s'égrainer dans un silence chargé d'amour et de tristesse. Puis il reprit :

- Je vais raccrocher maintenant Milla, je vais te laisser, vis ta vie et merci encore. Merci, parce que grâce à toi, je suis libre maintenant. Je t'aime Milla, et je t'aimerai toujours, quoi qu'il arrive.
- Je t'aime Jeff, répondit fébrilement Milla. Elle connaissait ce ton, elle l'avait déjà entendu sept ans auparavant.

Il raccrocha, leva les yeux au ciel. Il avait réussi sa mission. Milla était heureuse désormais. Le cœur léger, il se remit en chemin, il lui restait une dernière chose à accomplir pour être totalement libre.

Chapitre 33

Le vent s'était refroidi en cette fin d'après-midi, rien n'avait changé depuis toutes ces années. La tour de pierre surplombait toujours ce lit de rivière. Les merles finissaient leurs sérénades pendant que le camaïeu du ciel se zébrait de rose. Chacun de ses pas étaient pesants, il lui semblait que ses jambes étaient de plomb. Arrivé au sommet, il sortit une cigarette et s'assit au bord de la falaise. Une gerbe de fausses fleurs était accrochée à un arbre, vieilli par les intempéries elle semblait être là depuis des décennies. L'écriteau "A ma fille, à ma femme" fit baisser les yeux à Jeff, alourdi sous le poids de la culpabilité. Il sentit l'angoisse l'envahir à nouveau, piocha dans sa poche et en sortit le petit morceau de mouchoir que lui avait donné son ami plus tôt. Il sourit, il n'avait jamais cru au hasard. Il se prépara sa dose d'anxiolytique et se posa contre les vieilles pierres, face à la gerbe. Il fallut peu de temps à Jessica pour le rejoindre.

- Les meurtriers reviennent toujours sur les lieux du crime, ricana-t-elle

- Je t'attendais, lui dit-il.

- Vraiment ? Alors le minable, prêt à reprendre du service ? Tu as encore une dette envers nous… siffla Jessica.

- En quelque sorte oui, répondit Jeff recrachant la fumée par son nez. Il inspira profondément et reprit : Les médicaments m'ont rendu plus lucide, mais n'ont pas changé ma vision de la réalité.

- Je suis réelle, Jeff, tu le sais

- Oui, tu es réelle pour moi, mais je dois te tuer si je veux être libre Jessica.

- Tu ne peux pas me tuer, minable. Tu crois que je suis aussi sotte que cette frêle Julie ?

- Julie était une femme très belle, intelligente, bourrée d'humour et pleine de vie. J'ai écouté tes salades et à cause de toi, Julie n'est plus de ce monde. Jessica, le vrai monstre c'est toi, continua calmement Jeff dont le plan était élaboré depuis le départ.

- C'est toi qui l'as poignardé, c'est toi qui t'es acharné sur son pauvre corps sans défense à l'hôpital. Tu peux te cacher derrière tes faux semblants Jeff, c'est toi la minable crevure qui a tué sa dulcinée et sa propre mère, cracha Jessica.

- Toutes les prisons ont une clé, répondit Jeff, déconnecté des propos que pouvait lui tenir Jessica, n'écoutant plus ses insultes. Toutes les prisons ont une clé, reprit-il en boucles, balançant son corps frénétiquement.

- Minable abruti, tu refais une crise, tu n'es rien sans moi Jeff, tu ne peux pas me tuer, cria Jessica pour se faire entendre

Jeff se leva et marcha vers Jessica, le cœur étonnement calme, il répéta encore et encore sa phrase, de plus en plus fort. Jessica resta fixe, hurlant sur Jeff, son visage se déformait à mesure que ce dernier se rapprochait d'elle. Les mains collées sur les tempes il s'arrêta devant Jessica.

- C'est toi, ma clé, finit-il.

Il saisit Jessica dans les bras et sauta dans le vide avec elle.

***

La fraîcheur du début de journée saisit Béatrice. Elle s'engouffra dans sa voiture et tourna le contact. Elle alluma la radio comme chaque matin pour écouter les informations régionales. Elle avait fait un drôle de rêve cette nuit, elle y avait vu Jeff. Elle n'était pas tranquille quant à sa sortie, c'était trop tôt. Il était là quelque part livré à lui-même, se battant contre ses démons, contre la réalité terrible qu'était devenue sa vie. N'était-ce pas préférable qu'il vive dans sa réalité toute sa vie ? Dure question quand on sait l'horreur qu'il avait vécue, son histoire, son passé. Il n'avait donc jamais eu de tranquillité. Des cas comme Jeff, elle en avait vu défiler. Des enfances brisées par l'inceste, la violence, la torture sur des terrains friables et saupoudrés de drogue et vous obtenez la recette parfaite. Lorsqu'elle était arrivée en psychiatrie elle était pleine de préjugés et d'appréhension. Elle avait appris à vivre au contact des reclus de la société et les trouvait désormais dotés d'une force incroyable. Le jingle du journal retentit, la sortant de ses songes et soudain son cœur rata un battement.

" Faits divers, le meurtrier Jeff Stanford a été retrouvé mort hier au bord de la Siagne, d'après nos sources il se serait suicidé en se jetant de la falaise où il avait poignardé Julie Thomson sept ans auparavant, une enquête a été ouverte".

Les larmes se mirent à rouler sur les joues de Béatrice, elle ne pouvait plus les arrêter. La culpabilité l'écrasait sous son poids, elle dut se

garer sur le côté pour reprendre sa respiration.
Elle éclata en sanglots.

Elle arriva en retard ce matin-là au travail et ne
prit pas la peine de rejoindre ses collègues en
pleines transmissions inter-équipes. Elle alla sur
l'ordinateur, chercha l'article du journal local et
l'imprima. Elle entra dans la salle, les yeux rougis
par les larmes, et apprit la nouvelle à ses collègues.
Le début de matinée s'écoula lentement, elle
n'était pas là. Les patients l'avaient bien remarqué.
Puis ce fut l'effervescence au petit déjeuner, des
patients avaient entendu les informations locales,
eux aussi. Le jeune patient regardait son café sans
broncher, plongé dedans, il semblait essayer d'y
noyer sa peine. A ses côtés les autres patients
pleuraient, où restaient sans mots, eux aussi. Seul
Pierre anima le petit déjeuner de ses frasques

habituelles, demanda l'heure du prochain départ
du TGV arc-en-ciel. S'il prêtait à sourire, il sonnait
ce jour-là comme une masse désespérante de plus
pour les patients.

9h arriva, Béatrice attendait devant sa porte. Le
Dr Teddyor fit son entrée dans le service,
apparemment en retard, il questionna Béatrice sur
sa présence. Elle ne répondit pas, posa l'article sur
son bureau, devant ses yeux. Elle le fixa de
longues secondes pendant qu'il parcourait les
lignes noircies d'encre. Son sourire s'effaça, et ses
mains vinrent rejoindre ses tempes.

-       Nous aurions pu l'aider, dit-elle d'une

        voix nouée. Nous aurions dû l'aider.

Elle quitta son bureau sans attendre de réponse et
reprit le cours de sa journée, se promettant de

244

faire confiance à son instinct, et de se forcer à

voir, désormais, à travers leurs yeux.

Remerciements

Il m'aura fallu quatre longues années pour finaliser ce livre, aussi court soit-il. Je remercie ceux qui m'ont toujours soutenue dans ce projet qui me semblait pharaonique – à moi simple infirmière de campagne. Merci à ma mère d'avoir lu et relu un nombre de fois infini toutes mes ébauches de perfectionniste insatisfaite. Merci à mon mari d'avoir toujours cru en moi. Et merci à vous, lecteur, qui lirez ces quelques pages. J'espère avoir pu transmettre la leçon d'humilité et de courage que l'on retient à travailler auprès des patients présentant des troubles psychiques. Bien sûr, il est évident que j'ai grossi quelques traits pour donner de la profondeur à l'histoire. Cependant, une chose est réelle, c'est la souffrance que peuvent vivre les patients. Il me tenait à cœur de faire comprendre que leurs actes – qu'on affiche sans vergogne dans les tabloïds – étaient parfois dictés par une réalité difficile et différente qu'ils subissent. Je finirai par une note positive : si j'ai voulu faire de cette histoire un drame, l'espoir de vivre une vie unique, certes, mais insérée dans la société, lui subsiste toujours au sein des différentes structures d'accueil des patients. Il me semble donc aussi évident de remercier tous les soignants qui, chaque jour, donnent de leur temps et de leur personne pour cultiver cet espoir.

Impression : BoD - Books on Demand,

Norderstedt, Allemagne

Dépôt légal : mars 2021

FSC
www.fsc.org
MIXTE
Papier issu
de sources
responsables
Paper from
responsible sources
FSC® C105338